Patrick Modiano

Du plus loin de l'oubli

来自遗忘的最深处

〔法〕帕特里克·莫迪亚诺 著　冯寿农 译

人民文学出版社
PEOPLE'S LITERATURE PUBLISHING HOUSE

著作权合同登记号　图字 01-2016-2289

图书在版编目(CIP)数据

来自遗忘的最深处/(法)莫迪亚诺著;冯寿农译.
—北京:人民文学出版社,2016
(莫迪亚诺作品系列)
ISBN 978-7-02-011528-0

Ⅰ.①来…　Ⅱ.①莫…　②冯…　Ⅲ.①中篇小说-法国-现代　Ⅳ.①I565.45

中国版本图书馆 CIP 数据核字(2016)第 069272 号

责任编辑　甘　慧　彭　伦　何家炜
装帧设计　汪佳诗

出版发行　人民文学出版社
社　　址　北京市朝内大街 166 号
邮政编码　100705
网　　址　http://www.rw-cn.com

印　　制　上海利丰雅高印刷有限公司
经　　销　全国新华书店等

字　　数　64 千字
开　　本　889 毫米×1194 毫米　1/32
印　　张　4.5
版　　次　2016 年 9 月北京第 1 版
印　　次　2016 年 9 月第 1 次印刷

书　　号　978-7-02-011528-0
定　　价　29.00 元

献给彼得·汉德克

来自遗忘的最深处……

斯蒂芬·乔治

她中等个儿，而他，热拉·樊·贝维稍稍矮些。那是三十年前的冬天，我们初次见面的那个晚上，我陪他们一直到图纳尔码头的一家旅馆。我在他们的房间里待了一会儿，只见里面有两张床铺：一张靠近门口，另一张位于窗沿。窗口并没有朝向码头，我觉得它好像是个复折式屋顶的老虎窗。

我没有看出房间里有半点混乱：床上铺得整整齐齐，没有箱子，没有衣服，只见床头柜上放着一个大闹钟。虽有这个闹钟存在，仍使人感到他们好像偷偷藏在这里，避免留下任何蛛丝马迹似的。况且，这初次见面的晚上，我们只在房间里待了一会儿，只是我把书放进房间的那么一会儿时间。在圣米歇尔广场的一家书店，我没能把这些艺术书籍卖掉，提在手里很累。

那天日暮，正是在圣米歇尔广场上，地铁口人来人往，上上下下，他们从人群里走来和我搭话，问我这周围哪里可找到邮局。我害怕说不清，我这个人笨嘴笨舌，从来不知道怎么样给人指出一条最近的捷径来，于是我干脆亲自带他们到奥德翁邮局。途中，她停在一家卖烟的咖啡店里，买了三张邮票，在信封上贴了，我看见了信封上写的收信地址是：马略卡。

她把信扔入其中的一个信筒里，也没有看清那个信筒有没有写上“外国—航空”。我们转向圣米歇尔广场和码头走。她看见我手里提着这么一摞书，担心我提得太累，因为“它们大概很沉”。随后，她用生硬的口气对热拉·樊·贝维说：

“你帮他一下。”

他朝我笑了笑，随后拿了其中一本最厚的，夹在腋下。

我来到图纳尔码头他们住的房间里，把书放在床头柜的脚下。柜上的闹钟没有发出“滴答滴答”的声音，时针指着三点。枕头上有一个斑点。我俯身放书时，闻到枕头和床上飘出一股乙醚的气味。她打开床头灯，她的胳膊擦到我的身上。

我们在旅馆附近的码头上的一家咖啡馆吃晚饭。我们每人各自只点了一道主菜。是樊·贝维付钱结账，那天晚上，我身上没有钱。樊·贝维少了五法郎，在大衣和衣服的口袋到处摸，终于凑足了五法郎的零钱。她抽着烟，漫不经心地注视着他，看着他到处找。她刚才把她的菜让给我们分着吃，只在樊·贝维的碟里夹了几口菜。她转过头用嘶哑的声音对我说：

“下一次，我们去一家像样的餐厅……”

随后，樊·贝维上楼去提我的书，我们两人站在旅馆门口等。我打破了沉默，问他们是不是住在这里很久了，他们是从外省来，或是从外国来？不是，他们来自巴黎的郊区。他们住在这里已经两个月了。这就是那天晚上她给我说的一切。还有她的名字：雅克丽娜。

樊·贝维来到我们跟前，递给我书。他想知道我明天还要不要卖书，这种生意好不好挣钱。他们对我说我们可以再见面，但很难和我约定一个明确的时间，不过他们经常在但丁街角的一家咖啡馆里。

如今我在梦中有时回到那里：但丁街上，二月的一天黄昏的夕阳令我赞叹不已。从那时候，它一直没有变化。

我停在平台的玻璃窗前，凝视着酒吧间的柜台、电动台球和咖啡桌子。桌子的摆放就像放在舞池边缘一样。

我走到街的中间，对面圣日耳曼林荫大道的高楼在那里投下阴影，但在我的身后，人行道还是阳光明亮。

醒过来，我一生中认识雅克丽娜的那个阶段，就如同那种阴阳差别一样出现在我的脑海里：冬天灰白色的街道和那从百叶窗的缝隙透过去的阳光。

*

热拉·樊·贝维穿着一件人字斜纹的布大衣，他这样的小个头，大衣显得太宽了。我在但丁街的咖啡厅里又看见他站在电动台球桌前。不过，是雅克丽娜在玩台球。她的胳膊轻轻地动，胸部在缓缓地起伏，只听见电动装置连续发出劈劈啪啪的声音，闪烁着亮灯。樊·贝维的大衣又长又宽，下摆垂到双膝下方。他站得很直，领子翻下，双手插在口袋里，雅克丽娜穿着一件栗色的软皮上装，卷曲的灰领子饰有螺旋形的流苏。

我第一次在但丁街上找到他们时，雅克丽娜转过身，朝我笑了笑，随后她继续玩弹子球。我坐在一张桌子旁，她的胳膊和胸部纤细优美，尤其是她站在一台笨重的大机器旁边，机器的抖动似乎随时可把她扔到后面去。她站好架式，像是一个随时都有跌倒危险的人。她朝我的桌子走来。樊·贝维站在弹子台的前面接着玩。起先，我对他们玩得这么带劲感到惊讶。经常是我打断他们玩球。否则，他们会无休止地玩下去。

下午，咖啡厅里几乎没有客人，但傍晚六点以后，顾客盈门，拥挤在酒吧台和厅里的几张桌子周围。厅里，叽叽嘎嘎的说话声，电动弹子的劈劈啪啪的响声，以及这些拥挤的人群中的嘈杂声，使我无法一下子认出樊·贝维和雅克丽娜。首先我试试在人群中找到樊·贝维穿的人字斜纹的布大衣，然后雅克丽娜的皮上装。我在球台前好几次没有找到他们，随后我就坐在一张咖啡桌旁。每次我都等了很久，心里在想也许我再也没有机会见到他们，他们永远消失在这一片人群和嘈杂声中。但一天的午后，在冷清的大厅深处，他们出现在那里，两人并肩站在台球桌前。

我几乎回忆不起来我一生中这个时期的其他细节，也几乎想不起来我父母的面孔。在此之前，我曾经还在他们的公寓里住了一段时间，随后辍学，靠卖旧书谋生。

在认识雅克丽娜和樊·贝维后不久，我住在一家叫利马的旅馆，离他们住的旅馆不远。我在护照上改了出生年月，多记了一岁，这样我便成了一个成年人。

我住进利马旅馆前一周，因为不知要住在何处，他们便把房间的钥匙交给我，而他们俩出发去外省的一家游乐场，他们习惯在那里赌博。

在认识我之前，他们就开始出入于昂基恩的游乐场和其他两三个位于诺曼底海水浴疗养地的小游乐场。随后，他们固定到迪耶普、弗日雷索和巴尼欧罗内等地赌博。他们星期六出发，星期一回来，带回一小笔赢来的钱，但从来没有超过一千法郎。樊·贝维曾找到一种赌法：正如他所说的，输后在“中五周围”双倍下注。但这种赌法只有在玩滚球赌小数目的钱时才能赢利。

我从来没有陪他们涉足这些地方，我等候他们，直到星期一,一步没有离开街区。隔不久后，樊·贝维去“弗日”——他这么简称，它比巴尼欧罗内近些，而雅克丽娜留在巴黎。

夜间，我独自留在他们房间时，房里总是飘浮一种乙醚的气味，蓝色的瓶子放在盥洗台上。壁橱里放着衣服：一件男上装、一条裤子、一个胸罩和一件雅克丽娜穿的灰色卷领羊毛套衫。

那几夜，我没有睡好。我醒过来，却不知身在何处，要隔好久才认出房间。倘若有人问我有关樊·贝维和雅克丽娜的事，我定会困惑不安而回答不出，也说不出我为什么住在这里。他们将回来吗？我终感疑惑。旅馆入口，总台的暗色木柜台后，站着一位男服务员放心地看着我登楼进房间，并向我点头表示致意，我随身带钥匙出入，他也不过问。

最后一夜五点左右，我醒过来，再也睡不着了。我大概睡在雅克丽娜的床上，闹钟滴答滴答的声音这么响，我想把它放在壁橱里，或藏在枕头底下。但我又怕寂寞，于是我起身，走出旅馆，在码头上漫步，直走到植物园的栅栏旁。奥斯特里茨火车站还有一家咖啡馆开着门，我走进去了。

在这前一周，他们去了迪耶普的游乐场赌博，早晨，他们很早就回来。今天大概也一样会早回来。还要等一个钟头，两个钟头……住在郊外的人走出奥斯特里茨火车站，人越来越多，他们在小咖啡馆里喝咖啡，然后走进地铁口。天还黑着，我又在植物园以及古老的酒市场的栅栏外漫步。

我远远地瞥见他们俩的身影。樊·贝维穿的人字斜纹的布大衣在夜间清晰地闪动着。他们俩都坐在一张长凳上，在码头的另一端，面对着旧书商的那几只锁闭着的旧书箱。他们刚从迪耶普回来时，去敲过他们房间的门，但没有声音，因为我刚才出门时把钥匙放进了口袋里。

我住在利马旅馆的房间，窗口朝向圣日耳曼林荫大道和贝尔纳会修士街的高处。我躺在床上时，看见一座教堂——我忘记它的名字——的钟楼显现在窗框中。夜间，在车辆的嘈杂声消失后，报时钟声特别响。雅克丽娜和樊·贝维常陪我回旅馆。我们去一家中餐厅用晚餐，去看一场电影。

那些傍晚，在圣米歇尔林荫大道上，我们混同在与我们擦身而过的大学生人群中，很难区别。樊·贝维略旧的大衣和雅克丽娜的皮上装消失在拉丁区暗淡的背景里，而我，穿着一件本色的肮脏雨衣，手里拿着书。不，说真的，我不知道我们身上还有什么可引起注意的东西。

我在利马旅馆的登记卡上写我是文科大学生，但这只不过形式而已，因为站在总台后的男子从来没有问过我任何情况，我只需每周付一次房租就行了。有一天，我提着一袋书走出去，要卖给一位我认识的书商，他问我：

“行吗？您的功课？”

起先，我以为他话中带刺，其实，他是诚心问我的。

图纳尔旅馆和利马旅馆一样安宁，樊·贝维和雅克丽娜是唯一的客人，他们告诉我旅馆不久将停止营业，将改成套房。的确，白天，还可听见邻屋有锤击声。

他们是否填过住宿登记卡？他们的职业是什么？樊·贝维告诉我，在他的证件上写的是“推销商”。不过我不知道他是不是在开玩笑。雅克丽娜耸了耸肩，她没有职业。要说推销商么，那我也是，我也可以挂上这个头衔，我的时间都是花在提着书从这个书店走到那个书店去兜售。

天很冷，人行道上融化了的雪，冬天那黑灰的色彩又浮现在我的脑海里。雅克丽娜总是穿着皮上装出门，这样的冷天，她穿得太单薄了。

*

正是那样的一个冬日，樊·贝维第一回独自去弗日雷索，而让雅克丽娜待在巴黎。我们穿过塞纳河，陪樊·贝维直走到玛丽桥地铁站，因为他得去圣拉扎尔站坐火车。他对我说：他可能也去迪耶普的游乐场，想挣回比往常更多的钱。他的人字斜纹布大衣消失在地铁口里，只剩下雅克丽娜和我两人。

以前，我总是看见她陪着樊·贝维，因此，我没有机会和她真正地聊一回。况且，有时她整个晚上一声不吭。或者，有时她用冷淡的语气叫樊·贝维去替她买包香烟，似乎要支开他，也要支开我似的。不过，渐渐地我习惯于她的沉默和冷淡。

那天，正当樊·贝维走下地铁的台阶时，我想她也许后悔没有像往常一样和他一道出发。我们没有回南岸去，而是沿着市政厅码头走去。她沉默不语，我等候着她随时向我道别。但没有，她继续在我的身旁走着。

雾飘浮在塞纳河和码头的上方。雅克丽娜穿着一件太单薄的皮上装，大概冻得麻木了。我们沿着斯德岛末端的大主教广场漫步，她突然被阵咳呛住，等她终于缓过气来，我对她说：她应该去喝点热东西，于是我们走进但丁街的咖啡馆里。

黄昏，咖啡馆里总是一片喧哗声。在电动弹子台前站着两个身影，不过雅克丽娜无心玩游戏。我为她叫了一杯掺热糖水的烈酒，她皱着眉头喝下，好像喝的是毒药一般。我对她说："您不该穿着这样单薄的衣服出门。"自从我们认识以来，我还是无法用"你"来称呼她，因为她总是在她和我之间保持一定的距离。

我们坐在一张靠里面的桌子旁，离弹子台不远。她俯下头对我说：她感到身体不适，所以没有陪樊·贝维出门。她的声音很低，我贴过脸去听她的话，我们的额头几乎碰在一起。她告诉我一个秘密：冬天一结束，她想离开巴黎，但去哪里呢？

"去马略卡……"

我回想起来了：我们第一次见面那天，她寄了一封信，信封上写着：马略卡。

“要是明天我们就能出发该多好啊……”

突然她脸色苍白，我们的邻桌竟把胳膊肘倚在我们的桌沿，他仿佛没有见到我们似的，滔滔不绝地和他对面的人在聊天。雅克丽娜逃到长凳的另一端坐下。听见电动弹子器发出噼啪噼啪的响声，我心里阵阵作紧。

我也一样，心里在幻想：当人行道上的雪化的时候，我将穿着旧便鞋轻装出发。

“为什么要等到冬天结束？”我问她。

她朝我笑了笑。

“首先我们得有些积蓄。”

她点了支烟，又咳起来。她抽得太多了，总是抽那种味道略淡的、金黄色的烟叶制成的法国香烟。

“您光卖书，我们是无法有积蓄的。”

我很高兴听到她说“我们”两个字，似乎从今以后，她和我，为了将来，我们的命运连在一起。

“说不定，热拉会从弗日雷索和迪耶普带来许多钱。”我对她说。

她耸了耸肩。

“我们玩这种赌法已有半年，但没有给我们带来多少钱。”

她好像不相信这种在“中五周围”下双倍赌注的赌法。

“您认识热拉已很久了吗？”

“是的……我们是在巴黎郊区的阿提蒙相识的……”

她平静的目光直射我的眼睛，大概她想让我知道：关于这个话题，不便多问。

“那么说，您是阿提蒙人吗？”

“是的。”

我想起这个城市的名字，离阿布隆不远，那里住着我的一位朋友。他经常借他父母的车子，晚上带我去奥利。我们上电影院，进机场的一家酒吧间。我们待在那里很迟，听着广播里播放飞机到达和起飞去远方的消息。随后，我们在候机大厅里闲逛。深夜，他用车子送我回巴黎，途中，我们不走高速公路，而是绕新城王、阿提蒙和南郊的几座小城……那时候，我很可能和雅克丽娜擦面而过。

“您到过很多地方旅游吗？”

一提起这个问题，一场乏味的对话又会变得活跃起来，我故意用一种淡淡的口气问她。

“谈不上旅游，”她答道，“不过，要是我们现在能弄到一笔钱……”

她的声音压得更低，似乎要告诉我一个秘密。周围一片嘈杂声，很难听清楚。我俯身靠近她，我们的双额又快碰在一起了。

“热拉和我，我们认识一位写小说的美国人……他住在马略卡……他将替我们在那儿找一座房子……我们是在码头上的英语书店里遇识这个人的。”

我常去那个书店，它就像个迷宫，里面挂着卷轴，隔成一个个小间，顾客可独自在小间里读书。他们都从远处来此购书。书店关得很晚。我曾经在那儿买了托施尼什丛书的几本小说，试着再把它们卖出。露天的书架旁还放着椅子，甚至放着长沙发，就像咖啡馆前的露天座。从这里，可望见巴黎圣母院。然而，刚刚跨过书店的门槛，人们就好像身处阿姆斯特丹或旧金山。

这么说，她去奥德翁寄的信是寄给这位“写小说的美国人……”“他叫什么？我也许读过他的书……”

“威廉·麦克吉文……”

不，我不认识这个麦克吉文，她又点了一支烟，她咳了起来，脸色总是一样苍白。

“我大概感冒了。”她说。

“您该再喝一杯掺糖的烈酒。”

“不，谢谢！”

她蓦地神情不安。

“我希望热拉一切顺利……”

“我也希望……”

“热拉不在时，我总是心情不安……”

她说到“热拉”的名字时，拖长音节，口气很柔和。当然，尽管有时她冷淡地对待他，但在大街上她总是紧拽他的胳膊；我们坐在但丁咖啡馆的桌子旁，她常把头靠在他的肩膀上。一天下午，我敲他们的门，她叫我自己推门进去，我见他们俩躺在窗沿的一张狭床上。

“我无法离开热拉……”

她脱口而出说了这句话，仿佛在自言自语，忘记了我在旁。突然间，我成为了多余的人。也许最好让她一人静一静。正当我找借口要告别她时，她的目光落在我身上，起先目光是无神的，随后才注视着我。

是我打破了寂静：

“您的感冒好些了吗？”

“我得去买阿司匹林，您知道这附近有没有药铺？”

总之，直到现在，我的作用是给他们指最近的邮局和药铺。

在我住的旅馆附近，圣日耳曼林荫大道有一家药铺，她买了阿司匹林，还买了一瓶乙醚。我们一起走了一会儿，直至贝尔纳会修士街的拐角。她停在我住的旅馆的人口。

“如果您愿意，我们一起吃晚饭，好吗？”

她握了握我的手，朝我笑了笑。我只得克制自己，不敢要求她留下来。

“晚上七点来找我。”她说道。

她拐过街角。我禁不住看着她朝码头走去，这寒天，她穿着一件皮上装太单薄了，她双手插在口袋里。

整个下午，我待在房间里。没有暖气，我没有脱去大衣，就躺在床上。我模模糊糊，半睡半醒，有时眼睛注视天花板上的一个点，心里想着雅克丽娜和热拉·樊·贝维。

她是不是回了旅馆？或者她在巴黎的某个地方与人约会。我回想起她把樊·贝维和我两人甩掉的那天晚上，我们俩去看夜间最后一场电影，樊·贝维当时显得躁动不安。他带我去看电影，纯粹是去打发时间。大约子夜一点，我们在居雅斯街的一家咖啡馆找到雅克丽娜。她没有对我们说那天晚上她去干什么。况且，樊·贝维从来不过问她任何事情，似乎我在场妨碍他们自由自在地交谈，那夜，我成了多余的人。他们又陪我到利马旅馆，路上，他们都缄默不语。那天是星期五，是他们通常去迪耶普或弗日雷索的前一天。我问他们明天他们坐几点的火车。

“明天，我们待在巴黎。”樊·贝维用生硬的口气说。

在旅馆门口，他们同我告别，樊·贝维说：“明天见。”他没有和我握手。而雅克丽娜，她朝我笑了笑，一种不太自然的笑，好像她独自和樊·贝维在一起有些害怕，她喜欢有第三者在旁。然而，我看见他们俩走远，樊·贝维挽着雅克丽娜的胳膊，他们在谈什么？雅克丽娜在自我辩解吗？樊·贝维在责备她吗？或者是我在胡思乱想？

在我走出旅馆时，天已黑了许多。我穿过贝尔纳会修士街，来到码头。我敲了敲她的门。她来开了门，穿着一件饰有螺旋形流苏的卷领毛套衫，黑裤紧贴踝关节，光着脚丫。靠窗沿的床上，被子掀开，窗帘拉上，床头的灯罩被拿掉，小小的灯泡仍留下一片阴暗区。仍是这种乙醚的气味，比往常更强烈。

她坐在床沿上，盥洗池附近靠墙放着一张椅子，我坐下来。

我问她是否觉得好点。

“好一点点……”

她无意中发觉我在注视床头柜中间有一瓶打开的乙醚，她大概想我闻到了气味。

“我闻乙醚，是为了阻止咳嗽……”

她用一种自我辩解的口气反复说：

“真的……镇咳效果好极了。”

她以为我开始相信她的话，对我说：

“您从没有试过吗？”

“没有。”

她用一支棉签蘸了一下乙醚，递给我。我犹豫了一会儿，才接过来。不过，要是这能够在我们之间创造一种联系……我吸了一下棉签，然后吸了吸瓶子。随后，她也吸了吸。我顿感肺部一阵清新，我躺在她身边。我们紧紧地拥抱着，两人都掉入虚空之中。清新的感觉越来越强烈，在一片寂静中，闹钟的滴答滴答的声音越来越清晰，我竟然能听出它们的回声。

清早约莫六点，我们走出旅馆，直到居雅斯街上，那里有一家通宵开着的咖啡馆。上周，他们从弗日雷索回来后和我在那里约会。他们在早上七点到达，我们一起用早餐。然而，他们脸色毫不带倦意，不像通宵熬夜过一样，讲话比往常更热烈，尤其是雅克丽娜。他们赢了两千法郎。

那一次，樊·贝维不是坐火车从弗日回来，而是搭一位朋友的车子，他在兰格吕纳游乐场认识的，这位朋友也住在巴黎。克丽娜一走出旅馆，就对我说：他可能已经在居雅斯街了。

我问她是否她自己一人去找他，我是否必要出现。然而她耸了耸肩，要我陪她去。

咖啡馆里只有我们俩，霓虹灯的光芒刺得我睁不开眼睛。外面，天还黑着，我失去时间的概念，我们并排坐在靠玻璃窗的一条长凳上，我却觉得夜开始了。

透过玻璃，我看见一辆黑色的车子停在咖啡馆旁边。樊·贝维穿着人字斜纹布大衣，跨出车门，俯下身和开车的人道谢，就咔哒一声关上车门。他东瞧西望，寻找我们，但没有在门口找到。他以为我们会坐在咖啡厅深处。霓虹灯太强烈，他眨了眨眼睛，然后走来坐在我们的对面。

我的出现，他并不感到意外，或者是太困的缘故，懒得他疑神疑鬼？他立即叫了双份咖啡和月牙形面包。

“我最终还是去了迪耶普……”

他没有脱下大衣，衣领还竖起，弯着腰，头缩进肩窝里。他坐时常是这种姿势，不禁使我想起赛马骑师的姿势。他站着时，身板反而保持笔直，似乎他想显得更高些。

“我在迪耶普赢了三千法郎……”

他用一种挑战的口吻说，也许因为我陪着雅克丽娜，而他想表示他的不满。他拉住她的手，不理睬我。

“好极了！”雅克丽娜说。

她抚摩着他的手。

“你们可以坐飞机去马略卡。”我说。

樊·贝维惊讶地望了我一眼。

“我已经把我们的计划告诉他了。”雅克丽娜说。

“这么说，您知道了？我希望您跟我们一道去……”

不，说到底他没有因我在场而感到不高兴。不过，他还是用“您”称呼我。我好几次想称呼他为“你”，但没说出口。他总是用“您”来回答我。

“如果你们想要我一道去，那我就去。”我对他们说。

“当然喽！我们要您一道去。”雅克丽娜说。

她朝我笑了笑，现在她把一只手搭在我的手上。侍应生端来了咖啡和面包。

“整整一天一夜，我什么都没吃。”樊·贝维说。

他脸色苍白，在霓虹灯下，两眼凹陷，一个接一个快速地连吞几个羊角面包。

“现在好多了……刚才在车上，我睡着了……”

雅克丽娜好像脸色不错，不再咳嗽了。是乙醚的效果吗？我心里在暗想我是不是还在梦中：继续和她欢度良宵，我们两人挤在一张窄床上，我们领受到一种虚空、清新、腾云驾雾的感觉，轻飘飘似乎被一股龙卷风带走；她那讲话的回声比闹钟的滴答声还响，她用“你”亲昵地称呼我。现在她仍用“您”来称呼我，热拉·樊·贝维在面前。要等到他下次再去弗日雷索或迪耶普，我们才再有机会欢聚。他根本不相信她在巴黎会和我待在一起。

“那你们呢，你们做什么？”

蓦地，我觉得他怀疑我们什么事。不过，他漫不经心地问了这句话，好像例行公事似的。

“没有什么特别的，”雅克丽娜答道，“我们去看了一场电影。”

她瞪了我一眼，似乎要我默认这一谎话。她的一只手总是搭在他的手上。

“你们看了什么电影？”

“《蒙弗里的走私者》。”我说。

“好看吗？”

他的手从雅克丽娜的手下抽出。

“很好看。”

他仔细地注视着我们：望了我又望了她。而雅克丽娜毫不示弱地回视他。

“我希望你们给我讲讲电影的内容……不过改天吧……你们有时间……”

他的口气带有嘲讽。我察觉到雅克丽娜的脸色露出一丝怯意，她皱了皱眉头，最后对他说：

“你要回旅馆吗？”

她又牵起他的手，忘记我也在场。

“不马上回去……我还要喝一杯咖啡……”

“然后再回旅馆。”她温存地接着说。

我突然间猛醒过来，知道现在是早晨时间。良宵迷人，但一切已烟消云散了，只剩下面前的一位棕发女郎：她穿着一件栗色的皮上装，脸色苍白，坐在一个穿着人字斜纹大衣的男人前。他们在拉丁区的一家咖啡馆里手挽着手，他们一起回到旅馆。冬天过了许多日子，新的一天又开始了。我还要在这条阴沉的圣米歇尔林荫大道上漂泊，穿行在这些匆匆去上学的人群中。这些大学生和我一般年龄，但在我看来，他们都是我的陌生人，我几乎听不懂他们的语言。有一天，我对樊·贝维说我真想搬出拉丁区，因为我觉得在这些大学生中格外不舒服。他却劝我说：

“这就错了，和他们混杂在一起，我们就不被认出来了。”

雅克丽娜转过头去，似乎她对这话题不感兴趣，她怕樊·贝维把秘密告诉我。

“为什么？”我问道，“您怕被认出？”

他没有回答。不过，我也不要他解释。我也是，总怕被人认出。

“那么，我们回旅馆吗？”

她的语气总是温存可心，她抚摩着他的手背。我回想起昨天下午她在但丁咖啡馆对我说过的话：“我无法离开热拉。”他们俩回到房间里，也像昨夜我们一样吸乙醚吗？不会的。刚才我们离开旅馆时，雅克丽娜从衣袋里拿出乙醚瓶子，扔进了离这稍远的码头的一条阴沟。

“我答应过热拉，不再吸这脏东西。”

从表面上看，我还不至于引起她的这种顾忌。我有些失望，但也有一种同谋的混乱感觉，因她和我一起吸过这“脏东西”。

我陪他们走到码头上，正要跨过旅馆大门，樊·贝维向我伸出手来。

“一会儿见。”

她的眼睛躲过我的目光。

“我们稍后在但丁咖啡馆见面。”她对我说。

我目送他们登上楼梯，她挽着他的胳膊。我在门口一动也不动地站着，随后我听见房间门“啪”的一声关上。

我沿着图纳尔码头，在光秃秃的法国梧桐树下漫步。雾潮湿而寒冷。至少我穿着双软皮鞋，我心里松下一口气。然而，我住的这间房间没有暖气，躺在这张栗木做的床上，我心里不免感到一阵恐惧。樊·贝维在迪耶普赢了三千法郎，我怎么也能挣来这么一笔数目的钱呢？我算算还剩下没有卖出的几本书能值多少钱，就算我有了很多钱，我想雅克丽娜对此也会不屑一看。

她对我说过：“我们稍后在但丁咖啡馆见面。”究竟什么时候，她含糊其辞，我就得等他们一个下午，再一个下午，像我第一次等他们一样。我越等越感到不妙：她会不会因昨夜我们之间发生的事再也不肯见我？我是不是成了她碍手碍脚的见证人？

我又走上圣米歇尔林荫大道，在人行道上踱来踱去，似乎觉得等了好长时间。我几乎毫无理由地成了这个区的囚徒。不过，还有一个理由：为了合乎惯例，我口袋里总带着一张假学生证，因此，我最好还是出入学生区。

我来到利马旅馆时，犹豫了一下要不要进去。然而，我不能整天待在外面，混在这些人群中。而他们提着公文包或背着书包，走向中学、巴黎大学或矿院。我躺在床上，房间太小，没有办法做其他事，没有凳子，也没有椅子。

在窗口里清晰地显现教堂的钟楼和一棵栗树的树枝。遗憾的是没有树叶，还得等待一个月才到春天。如今我再也想不起来我那时有没有考虑过将来。更确切地说，我认为我那时是得过且过，心里像今天一样只有一些渺茫的逃跑计划，希望不久后在但丁咖啡馆重新找到雅克丽娜和他。

*

过后，约莫凌晨一点，他们让我认识了卡多。昨晚，我在但丁咖啡馆白白等了许久，我不敢贸然进他们的旅馆。我在索莫拉街上一家中国餐厅草草吃了一顿饭，一想到再也看不到雅克丽娜，就失去了胃口，于是，我努力自我安慰：他们不会马上离开旅馆的，即便离开，也该在门房留个地址给我。但凭什么要他们给我留地址呢？算我倒霉，我将到处流浪去找他们，周六和周日到迪耶普和弗日雷索的游乐场去找他们。

我在码头的穷者圣于连教堂附近的英语书店逛荡了

许久，买了一本书：《A High Wind in Jamaica》，我十五岁时曾经读过它，法文版的题目是《牙买加的飓风》。我无目的地徜徉，太疲劳，停在另一家书店。它位于圣塞维朗街，也关得很迟。随后，我又回到房间，强打起精神阅读。

我再次出门，拖着双腿，走到居雅斯街咖啡馆里，这就是凌晨我们见面的地方。我的心“噗通”一跳：他们坐在原先靠窗口的那张咖啡桌旁，还有一位棕色头发的男人相陪。樊·贝维坐在他的右边。雅克丽娜双臂交叉，坐在他们的对面，独自坐在长凳上，背后是玻璃窗，头上笼罩着黄色的光芒。如今我遗憾的是无法追溯时间的长河。我本可再站在居雅斯街人行道与往昔同一位置上，然而，像我今天这个样子，我会毫不困难地把雅克丽娜从玻璃鱼缸中拉出来，带她到新鲜的空气中来。

我局促不安地走到他们的桌旁，似乎我要出其不意地出现在他们的跟前。樊·贝维看到我友好地招手叫我。雅克丽娜朝我笑了笑，没有露出一丝惊讶。樊·贝维把我介绍给客人：

“彼埃尔·卡多。”

我和他握了握手，随后坐在长凳上，雅克丽娜的身旁。

“您去了我们的街区吗？”樊·贝维问我，语气谦和，就像跟一位不太熟悉的人讲话似的。

“去了……完全是出乎意外……”

我决定坐在长凳这个位置上。雅克丽娜避开我的目光。是否因为卡多在场，他们不得不与我保持距离？我大概打扰了他们的谈话。

“您喝点什么？”卡多问我。

他的声音低沉、洪亮，就像善于演说的雄辩家的声音一样。

“石榴汁。”

这人比我们都年长，约莫三十五岁，棕色头发，相貌端正，穿着一套灰色的西服。

我走出旅馆时，把《A High Wind in Jamaica》插进雨衣的口袋里。我出门身上总带着一本自己喜欢的小说，这样我的心踏实多了。我把它放在桌上，在口袋底找一包香烟。卡多看书问道：

“您会英语？”

我回答说：“是的。”雅克丽娜和樊·贝维两人都沉默不语。于是他又问：

“你们认识很久了吗？”

“我们在街区认识的。”雅克丽娜答道。

“哦，是吗……我看得出……”

他究竟看出什么来？他点了支烟。

“您也陪他们到游乐场去吗？”

“没有。”

樊·贝维和雅克丽娜说话总是小心翼翼，不知我哪里妨碍了他们的事？

“这么说，您从来没有看见他们连续玩三个小时的滚球……”

他哈哈大笑起来。

雅克丽娜转过身对我说：

“我们在兰格吕纳认识这位先生。”

“我一眼就看出来，”卡多说，“他们有一种奇怪的赌法。”

“有什么奇怪？”樊·贝维装着一副天真的样子问道。

“您自己想想您在兰格吕纳做的好事。”雅克丽娜朝他笑了笑说。

樊·贝维保持赛马骑师的习惯姿势：猫着腰，头缩进两肩之间，好像一副难受的样子。

“您也在游乐场玩吗？”我问卡多。

“不完全是，我进去是闹着玩的……当我闲得无聊的时候……”

那么在这无聊之外，他的职业是什么？

雅克丽娜和樊·贝维渐渐地镇定下来，他们是不是害怕我说出冒犯卡多的话，或者害怕他在交谈中暴露出他们想瞒我的秘密？

“下周末……去弗日吗？”

卡多微笑地注视着他们。

“还是去迪耶普好。”樊·贝维说。

“我可以用车子带你们去，这样快多了……”

他转过头朝雅克丽娜和我说：

“昨天，我们从迪耶普回来只走了一小时多一点点……”

这么说，是他带樊·贝维回巴黎的。我回想起停在居雅斯街的黑色轿车。

“这太麻烦您了。”雅克丽娜说，“每次坐火车，真烦死人……”

她用一种奇特的目光望着卡多，似乎他给她留下深刻的印象，她的目光里禁不住流露出某种钦佩的神情。樊·贝维察觉到这些吗？

“我很高兴为你们效劳。”卡多说，“我希望您也和我们一道去……”

他用一种嘲讽的目光注视着我，好像后来他在审视我，他似乎感到我有一种优越感。

“我不去外省的游乐场。”我生硬地回答。

他当头挨了一棒。雅克丽娜也为我的回答感到吃惊，樊·贝维却一声不吭。

“您错了，外省的游乐场，有趣极了……”

他的目光也生硬起来，我大概惹恼了他。他没有料想到从一个外表羞怯的小伙子嘴里竟作出这种反应。不过，我想消除这种不愉快的气氛，于是我说：

“您说得对……有趣极了……特别是兰格吕纳……”

是的，我本应该了解一下：他碰到雅克丽娜和樊·贝维后将在兰格吕纳做出什么事来。我知道那个地方，因为前一年，我在一次去诺曼底旅游时和朋友在那里待了一个下午。我隐隐约约回想起在那里有一个人像他，穿着一套灰色西服，沿着海滨破旧的别墅，冒着雨寻找游乐场。我朦朦胧胧地回忆起游乐场不在兰格吕纳，而在几百米之远的吕苏湄尔地方。

“您是大学生吗？”

他终于开口问我。我先想回答：是的，但这样简单的回答会把事情弄得复杂化，因为随后还得解释清楚学什么。

“不是，我为几家书店做事。”

我希望这样回答就行了。他曾向雅克丽娜和樊·贝维提出同类的问题吗？而他们怎么回答？樊·贝维是否回答他是流动商贩吗？我对此感到怀疑。

“而我，曾是大学生，就在对面……”

他给我们指了指街道对面的一座小楼。

“那是法国矫形外科学院……我在里面读了一年……随后，我进了舒瓦齐大街的牙科学院……”

现在，他用一种知己的语气对我们说话。他真的很善良吗？也许他设法使我们相信他也像我们这么年轻，他曾经是大学生。

“我选择牙科是为了更明确我的专业方向，况且，我习惯闲逛，像你们一样……”

这个穿着西服、约莫三十五岁的男人，这么晚还和我们在拉丁区的咖啡馆里闲聊，显然，醉翁之意不在酒，我猜出他的动机：他在打雅克丽娜的主意。

“你们还喝别的吗？我，还要一杯威士忌……”

樊·贝维和雅克丽娜却没有露出一丝的厌倦，而我呢，我坐在长凳上，就像在做噩梦似的，梦中你再也起不来，因为你的脚像灌上铅似的。我不时转过头望雅克丽娜，我真想劝她离开这家咖啡馆，然后我们俩径直去里昂火车站，搭上夜班火车，第二天早晨到达蓝色海岸或意大利。

车子停在居雅斯街的上坡处，那里的人行道有台阶和铁扶手。雅克丽娜坐在前座。

卡多问我旅馆的地址。车子穿过圣雅克街，来到圣日耳曼林荫大道上。

“要是我没有猜错，”他说，“你们都住在旅馆里……”

他转过头，又脸带讥笑地望着樊·贝维和我。我感到在他的眼里我们俩只是微不足道的人物。

“说到底，这是波希米亚的生活。”

他也许想找一种既开玩笑又默契的口气，但他像那些年纪已大、又畏惧青年的人一样，反而弄巧成拙。

“你们住旅馆要住到什么年头？”

这一次，他是问雅克丽娜，她在抽烟，在半开的玻璃窗沿将烟灰磕掉。

“住到我们可以离开巴黎为止。”她答道，“这要看住在马略卡的美国朋友。”

刚才我在码头上英语书店找这个名叫麦克吉文的书，但找了半天没有找到。他存在的唯一证据，是第一天我看到雅克丽娜手里拿的信封上写着寄去马略卡的地址。不过，我不敢确定收件人的名字是“麦克吉文”。

“你们真能指望他？”卡多问道。

坐在我旁边的樊·贝维显得尴尬不安，还是雅克丽娜开了口：

“当然……他建议我们去马略卡。”

她直截了当地说，我从来没有听过她这么干脆地回答。我觉得她想以这个“美国朋友”使卡多折服，让卡多明白他不是唯一关心她和樊·贝维的人。

他的车子停在我住的旅馆前。这样我不得不离开他们，我害怕再也看不到他们，心情就像那几天下午我在但丁咖啡馆等候他们一样忐忑不安。卡多可能不马上送他们回旅馆，可能和他们一起去北岸某个地方度过余夜，或者就在附近喝最后一杯酒，他们想先把我甩掉。

樊·贝维从车子里钻出来，车门开着，我好像看见卡多的手触到雅克丽娜的膝盖。不过这也可能是灯光昏暗引起我的错觉。

她勉强地对我说一声：“再见。”卡多送我一个冷淡的“晚安”。显然，我是多余的。樊·贝维站在人行道上，等我离座。他握了一下我的手说：“也许再过一两天在但丁咖啡馆里见。”

在旅馆的门槛上，我转过身，樊·贝维向我招了招手，然后钻进车子。车门“啪”的一声关上。现在，他一人坐在后座上。

车子开动了，朝着塞纳河方向驶去，那也是通向奥斯特里茨火车站和里昂火车站的路，我心里想他们要离开巴黎。

我在上楼进房间之前，向守夜人要了电话簿，但我还不知道“卡多”的正确写法，我看里面有近音异字的姓：喀多、家多、佳多、加多、卡脱、卡图、卡朵，但没有一个名叫“彼埃尔”。

我睡不着，遗憾的是刚才没有对卡多提问题。要是提他几个问题，他会怎么应答？如果他真的是牙科学院学生，那他现在开业吗？我努力想象他穿着一件白大褂，在诊室里接待病人。随后，我想到雅克丽娜时，又回想起卡多的手触摸雅克丽娜的膝盖。樊·贝维也许会给我作出解释，我辗转不安地睡着了。在我的梦中，一列姓名闪闪发光，鱼贯而行：喀多、家多、佳多、加多、卡脱、卡图、卡朵……

*

约莫八点，我醒过来，听见有人敲我的房门，是雅克丽娜。我神色慌张，就像一个刚从噩梦中醒过来的人。她在门外说：她在下面等我。

天色还昏暗，我从窗户看见她坐在林荫大道对面的一张凳子上，为了御寒，她竖起皮上装的领子，双手插在口袋里。

我们俩朝塞纳河走去，走进酒市场前的最后一家咖啡馆里。是什么风把她吹来，坐在我的对面呢？昨晚，从我走出卡多的车子后，从没有想过事情会这么简单。我所想的是，好几个下午我将泡在但丁咖啡馆无缘无故地等候她。她告诉我：樊·贝维去阿提蒙拿他们的出生证，以便做新的护照。三个月之前，他们去比利时旅行时丢了护照。

昨晚，我意外地出现在他们俩和卡多之前，她对我十分冷淡，我感到迷惑不解。现在她不再那样对待我，就像我们上次待在一起那样亲热。我问她感冒好了没有。

她耸了耸肩。今天早上比昨天还冷。她却仍穿着那件单薄的皮上装。

“您该买一件真正的大衣。”我对她说。

她直视我的眼睛，略带嘲讽，笑着问：

“在您看来，一件真正的大衣究竟是什么？”

她这么一问，我怔住了，她似乎要让我放心，说道：

“不管怎么样，冬天即将过去了。”

她等待马略卡来的消息，它们不会迟迟不来。她希望春天出发。显然，我是他们中的一分子，要是我愿意去的话。她也认可了，我放下心来。

“卡多呢？你们有他的消息吗？”

一听到卡多的名字，她就皱起眉头。我就像闲聊似的以漫不经心的口气问她。

“您想起他的名字吗？”

“这个名字很容易记住。”

这个卡多，他干什么职业？对，他在奥斯曼林荫大道的一家外科—牙科诊所里工作，就在雅克马-安得尔博物馆附近。

她点上烟，手有点发抖，说道：

“他可能会借钱给我们，帮我们旅行。”

她好像在观察我的反应。

“他很富有吗？”我问道。

她笑了笑。

“您刚才说大衣……好，我叫他给我买一件皮大衣……”

她的手放在我的手上，就像我上次在居雅斯街的咖啡馆里看见她的手搭在樊·贝维的手背上一样。她凑近我的脸说：

“放心好了，我一点也不喜欢皮大衣。”

在我的房间里，她拉上黑色的窗帘。以前我从来没有拉上，因为窗帘的颜色让我不安。每天我被窗口射入的光线弄醒过来。现在光线从窗帘的缝隙里射入。看到她的衣服、内衣撒落在地板上，感到非常奇怪。过了许久，我们睡着了。楼梯上的人来来往往的脚步声把我从梦乡中拉出来，但我躺着不动。她还在睡，头倚在我的肩膀上，我看了看手表，已经是下午两点了。

她离开我的房间时，对我说：最好晚上我们不要见面，樊·贝维大概已经从阿提蒙回来很久了，他在图纳尔码头等她。我不想问她将如何对他解释她不在。

一旦我又剩下一人时，又感到自己重回到昨天的那个点上：对任何东西都不敢确定。我没有任何法子，只有待在房间里，或在但丁咖啡馆里等候，甚至可能在凌晨一点在居雅斯街上等候。周六，如果樊·贝维又出发去弗日雷索或迪耶普，那么我们就陪他到地铁站。倘若他同意她留在巴黎，那么我们就又像上一次那样。一直到时间的终结。

我把三四本艺术书籍放进本色的帆布袋里，走下楼梯。

我问一位站在总台后的男子，有没有巴黎市分街道的电话簿。他递给我一本几乎是新的蓝色电话簿。我查了奥斯曼林荫大道的所有电话。我终于在门牌158号找到雅克马–安得尔博物馆。在160号的确有个牙医，叫什么彼埃尔·罗博。我随手记下他的电话号码：Wagram 1318。随后，我提着本色大布袋，走到穷者圣于连街的英语书店。我成功地卖出我带来的其中一本书：《Italian Villas and Their Gardens》，得了一百五十法郎。

*

我在奥斯曼林荫大道160号大楼前犹豫了一下，随后跨过大门。在墙上挂的木牌上用印刷大字写着姓名和楼层：

彼·罗博—彼·卡多大夫
三楼

卡多的名字和别的名字写得不同，好像是加上去似的。我决定敲三楼的门。电梯的两扇门在昏暗中闪光，我不想坐电梯。我慢慢地爬上楼梯，心里在准备我将对开门人讲的第一句话——我和卡多大夫有约会。如果他把我带到卡多大夫跟前，那我就装作一个出其不意登门拜访的客人，诙谐地对他说话。此外，他只见过我一次，也可能一下子认不出我来。

在门口挂着一块金黄色的牌子，上面写着：

外科—牙科医生

我揿响门铃，一次，两次，三次，但是没有人回答。

我从大楼里走出。在雅克马-安得尔博物馆后有一家咖啡馆。露天台座上装有玻璃。我找了一个座位坐下。从这里可以监视 160 号的入口，我等候着卡多的回来。我完全没有料到他对雅克丽娜和樊·贝维是那么重要。这也许是一次邂逅，他们也许此生再也不见到他。

我已经喝了好几份石榴汁，已是傍晚五点了。我最后竟忘记我待在这咖啡馆的露天座上究竟是为什么。几个月来，我都没有来过北岸，现在我觉得这里离图纳尔码头和拉丁区好像远隔几千里。

夜幕降临，刚才我进咖啡馆时厅里几乎没有顾客，现在顾客大概从办公室下班，渐渐地挤满了咖啡厅。我听见电动弹子的声音，就像在但丁咖啡馆一样。

一辆黑色的轿车在雅克马–安得尔博物馆附近停下来。起先，我不经意地看着，随后我的心“怦”的一跳：是卡多的车子。我认出来了，因为车子是英国车身，在法国很少见。他从车里走出来，到左边打开车门：雅克丽娜走出来。他们从玻璃露天座后面经过，朝着大楼的大门走去。他们可能会见到我，我一动也不动地坐着，眼睛眨也不眨地望着他们，似乎我要引起他们的注意。

他们走过去，没有见到我。卡多推开大门，让雅克丽娜进去。他穿着一件海蓝色的大衣，雅克丽娜还是穿那件单薄的皮上装。

我在柜台上买了一个打电话的筹子，电话间在地下室里，我拨了 Wagram 1318，有人拿起话筒。

“您是彼埃尔·卡多吗？”

“您是谁？”

“我可以和雅克丽娜说话吗？”

对方沉默了几秒钟，我放下了话筒。

*

翌日午后，我在但丁咖啡馆里又见到他们，樊·贝维和她。在咖啡厅的深处，只有他们俩在玩电动台球。我来到近旁，他们也没有停下手中的游戏。雅克丽娜穿着一条黑色的紧身裤，直束到脚跟；脚上穿着一双系鞋带的红布鞋，不是御寒的冬鞋。

樊·贝维跑去买盒烟，只剩下雅克丽娜和我面对面坐着，我趁此空当问她：

“卡多今天没有来？昨晚在奥斯曼林荫大道玩得开心吗？”

她的脸色一下子变得苍白。

“您为什么问我这些？”

“我看见您和他一起走进大楼里。”

我努力装出笑容，用淡淡的口气说。

“您跟踪我。”

她圆睁双目。这时，樊·贝维走回来，她这下低声对我说：

“只准您知道。”

我想起乙醚瓶子——正如她说的，那个“脏东西”——那一夜她和我两人一起共享……

“您好像有心事……”

樊·贝维站在我跟前，拍了拍我的肩膀，好像要将我从一场噩梦中拉出来似的。他递给我一盒烟。

“你想再玩一盘台球吗？”雅克丽娜问他。

她好像故意要他和我分开。

“现在不，玩久了头痛。”

我也是，甚至我离开但丁咖啡馆，脑里还回响着电动弹子的声音。

我问樊·贝维：

“您有卡多的消息吗？”

雅克丽娜皱了一下眉头，大概暗示我不必谈这个人。

“为什么？您对他感兴趣吗？”

他用冷淡的口气问我。我能记住卡多的名字，他感到惊讶。

“这是位好外科—牙科大夫吗？”我问道。

我回想起他那套灰色的西服和低沉洪亮的声音，他不乏某种高雅的气派。

“我不知道。”樊·贝维答道。

雅克丽娜装着没有听见，目光朝咖啡馆的入口，望着外面。樊·贝维微笑着，有点强笑的样子。

“他一半时间在巴黎工作。”他说。

“除了这，还在哪里工作？”

“在外省。”

前几天夜间，我们在居雅斯街咖啡馆里，他们和卡多谈话时似乎十分拘谨。我当时坐在他们的对面和他们交谈，尽管一些话无关痛痒，他们的拘谨仍然没有消失。今天我在雅克丽娜的沉默中和樊·贝维支吾搪塞的答话中又察觉到这种拘谨。

“和这人在一起，令人烦恼的是他老纠缠不休。”雅克丽娜说。

樊·贝维听到她主动告诉我这个秘密，松了一口气，似乎从今以后，他们再也没有什么秘密要对我隐瞒。

“我们不想特地见他，”他补充说，“是他老来纠缠我们……”

是的，正是那天晚上卡多说过的：两个月之前在兰格吕纳游乐场里他们认识了，他独自一人在玩台球，漫不经心地在消遣时间，他邀请他们到稍远的吕苏湄尔唯一还开着的餐厅里吃晚饭，他告诉他们他是地方的牙医，在勒阿弗尔……

“你们认为他说的是真的吗？”我问。

卡多说他是勒阿弗尔的牙医，我对此表示怀疑，樊·贝维听我这一问好像非常吃惊。很久以前，我到这个城市去了好几次，从那儿坐船去英国。我常在码头周围散步。我努力回忆列车到达火车站的情景，以及到港口的路程。那里的大街很宽阔，两旁都是千篇一律的钢筋混凝土结构的大楼。巨大的建筑物和广场使我感觉一片虚空。现在我竭力想象卡多生活的这种背景。

“他甚至还把他在勒阿弗尔的地址给了我们。”樊·贝维说。

我不敢当着雅克丽娜的面问他知不知道在巴黎奥斯曼林荫大道的另一个地址。突然，她的目光流露出讥讽，好像在想樊·贝维把事情简单化了。事情变得远没有实际那么复杂：他们在诺曼底海水浴疗养地认识了他，他只不过是勒阿弗尔一位普普通通的牙医。现在我回想起：在勒阿弗尔我总在码头的一家咖啡馆等船，名叫“海洋之门”……卡多去过这家咖啡馆吗？他去那儿也穿着同样的灰色西服吗？明天，我将买一张勒阿弗尔的地图。要是我单独和雅克丽娜在一起，她会把他的一切都告诉我。

“我们以为他不知道我们在巴黎的行踪。但三个星期之前，我们又看到他……”

樊·贝维稍稍弯下腰，头龟缩在双肩之间，仿佛他正要跨越一个障碍物似的。

“你们在街上遇见他？”我问道。

“是的。”雅克丽娜答道。“我偶然碰见他，他在夏特莱广场等出租车。我把旅馆的地址给了他。”

她好像一谈及这一话题，突然就噎住了。

“现在他一半时间在巴黎，”樊·贝维说，“他想见我们，我们也无法拒绝他……”

昨日下午，卡多打开车门，雅克丽娜从车里走出来，紧跟着他走进奥斯曼林荫大道的一幢大楼里。我当时看得很清楚是他们俩。雅克丽娜脸上毫无恼意。

“您真的非见他不可？”

“有一点。”樊·贝维说。

他朝我笑了笑，犹豫了一阵儿，然后又说：

“您可以帮我们一个小忙……每次这家伙来纠缠我们时，您和我们待在一起……”

“您的在场有利于我们谈事情。”雅克丽娜说，“您对这感到厌烦吗？”

“一点也不。我很乐意来。”

我愿为她做任何事情。

*

星期六，樊·贝维准备去弗日雷索。下午约莫五点，我在他们住的旅馆前等候着他们，因为事先他们要我这样做。樊·贝维第一个走出来，他提议沿着图纳尔码头散散步。

“我拜托您照顾雅克丽娜。”

听了这话，我吃了一惊。他有点难为情，告诉我：卡多在这之前给他打了电话，称他因工作无法开车陪他去弗日雷索。但樊·贝维不相信他这表面谦恭的托辞，也不相信他这般假惺惺的诚恳。事情很清楚，卡多想利用他的不在，偷偷来看雅克丽娜。

那么樊·贝维为什么不带她一起去弗日雷索？

他回答说：如果他这样做，卡多就会去那里找他们，还不是一回事？

这时，雅克丽娜走出旅馆，和我们一道散步。

“我敢肯定你们刚才在谈卡多。”她说。

她瞪着我，又看着他。

“我要求他照顾你。”樊·贝维说道。

“你想得真周到。”

如同上次，我们陪他一直走到玛丽桥地铁站，他们俩都保持沉默。而我，我再不想多嘴了。我禁不住露出一种不经意的样子。对我来说，最重要的是，我能独自和雅克丽娜待在一起，况且还是樊·贝维亲自授权我这样做的，我充当一个她的保护者的角色，我还奢望其他什么？

在走下地铁楼梯前，他说：

“我争取明天上午赶回来。”

他走到阶梯的下方，停了一下，一动也不动，人字斜纹的布大衣裹着笔直的身板，他盯着雅克丽娜说：

“如果你想找我，可以打电话到弗日游乐场……”

他脸上蓦地显出倦意。

他推开门，门扇在他的后面重重地关上。

我们穿过圣路易岛，朝南岸走去，雅克丽娜挽着我的胳膊。

“我们什么时候见到卡多？”

听了我这句话，她好像有点不快，没有回答。

我本想她在旅馆门口会和我道别。但她拉我到她的房间里。

夜幕降临，她打开床头灯。

我坐在靠近盥洗池的椅子上，而她坐在地板上，背靠床沿，双臂抱着弯曲的膝盖。

“我得等他的电话。”她对我说。

她说的是卡多的电话，为什么她必须等他的电话？

“昨天，您在奥斯曼林荫大道监视我？”

“是的。”

她点上烟，抽了一口，就开始咳嗽起来。我离开椅子，坐在地上，在她的身旁。我们都背靠着床沿。

我从她手里夺过烟。抽烟对她毫无益处，我真希望她能停止咳嗽。

“我不愿意在热拉面前谈论卡多……在您面前，他可能感到尴尬……不过，我还是要告诉您：热拉对一切了如指掌……”

她的目光直逼着我，露出挑衅的神态说：

“目前，我没有别的选择……我们需要这个人……”

我正准备向她提个问题，然而这时她伸长手臂，熄灭了床头灯，随后俯身贴近我，我感觉到她的嘴唇吻着我的脖子。

“现在我们该想别的事了，您难道不愿意吗？”

她说得对，别想他了，谁也不知道将来有多少烦恼。

晚上七点左右，有人敲门，一个沙哑的声音在叫喊：“有电话。”雅克丽娜从床上起来，没有打开灯，就穿上我的雨衣，离开卧室，门半掩着。

电话机固定在走道的墙上，我听见她回答“是”或“不是”，还重复说：她并不一定非得今晚去，似乎对方听不懂她的话，或者她想卖关子，让对方求她。

她又关上门，坐在床上。她穿上一件太大的雨衣，双袖高高卷起，样子特别好笑。

“过半个小时，我和他有个约会，他来找我……他以为我一个人在这里……”

她凑近我，压低声音说：

“我需要您帮一下忙……”

卡多将带她和他的朋友一道吃晚餐，她不知道晚上的结局如何。她要我帮的忙是这样的：我要在卡多到达前离开旅馆。她暗里交给我一把钥匙，那是奥斯曼林荫大道他套房的钥匙；她要我潜入他的房间里，在牙诊室的一个壁橱——“靠近窗户的那个壁橱”——里寻找一个手提箱；我拿走这个箱子，带到她的卧室这里。就这样，事情很简单。她将于十点钟左右打电话告诉我在哪里会合。

这个箱子里到底藏了什么宝贝？她难为情地笑了笑。对我说：“一点钱。”对此我并不感到惊讶。当卡多再也找不到它时，他会作出什么反应？好了，他绝对料想不到我们会偷这个箱子。当然，他更不知道我们会复制他房间的钥匙。她曾趁他不注意时，在圣拉扎尔火车站的“快制钥匙”铺上复制了一把钥匙。

她用“我们”称呼，我心里十分激动，因为“我们”指她和我。我仍想了解樊·贝维知道不知道这个计划。他肯定知道，但他更喜欢由她来告诉我这事。这么说，我只不过是一名无关紧要的角色而已。他们要我干的，是一种撬门偷东西的勾当。为了消除我的顾虑，她强调说：卡多不是一个“好人”。总之，“他必须这样偿还她……”

“手提箱很沉吗？”我问道。

“不沉。”

“因为我不知道回来该坐出租车，还是坐地铁？”

我毫不迟疑地答应做这件事，她却显得有点惊奇。

“叫您为我做这事，您不觉得为难吗？”

她大概还想补充说我不会有危险，但我不需要她的鼓励。说实在的，我从童年开始，见过我父亲搬了许多行李——双层底的箱子、袋子和小皮箱，甚至黑色的公文包。父亲提着公文包，给人一个受人敬重的假象……然而我总不知道里面装的是什么东西。

“我十分乐意做这件事。”我对她说。

她对我笑了笑，一边谢我一边补充说：这也是最后一次叫我做这样的事。我因樊·贝维也知道这事，感到有点失望。但不管怎么说，我真的不感到尴尬，我习惯于提箱子。

走出门外，她把钥匙递给我，亲了我一下。

我快步走下楼梯，飞速地穿过码头，朝图纳尔桥走去，希望不要碰到卡多。

在地铁里，正是人流的高峰期，我挤在人群中，反而觉得安心，不会引起人家的注意。

我决定，拿回手提箱时，还坐地铁回来。

我在阿弗尔–沟马丹车站等去米罗湄尼的列车。还有时间，雅克丽娜在十点前不会打电话到旅馆叫我。我让两三趟地铁列车过去。为什么她把这件事交给我去办，而不是叫樊·贝维办呢？她真的告诉他我去拿那个手提箱？和她在一起，从不明白事情的真相。

我走出地铁，心里感到一阵恐惧，但很快就消失了。路上的行人不多，我交错而过。一座座大楼的窗户昏暗，职员们刚刚离开办公室。在160号大楼前，我抬起眼睛，唯有五楼的窗户亮着灯。

我没有打开定时楼梯灯，电梯缓缓地上升，我头顶上的灯泡射出黄色的光线，在墙上投下栅梯的影子。我让电梯的门半开着，借电梯的光线，迅速地将钥匙插入锁眼。

在前厅四周，房间的双重门敞开着，从大街的路灯射来一股白色的光芒。我从左边走入牙诊室。诊室中间放着一把给病人坐的靠背椅，皮靠背略往后仰，看上去像一张增高的长沙发，病人可以伸腿靠在上面。

借着路灯的光线，我打开靠近窗口的那个铁皮橱，手提箱就在里头一层架子上。一个普普通通的白铁皮做的手提箱，就像休假军人常提的箱子一样。

我提上箱子，又回到前厅。在牙诊室的对面有一个候诊厅。我转动开关，光线从一盏水晶吊灯上射下来，几把绿绒靠背椅，在一张矮桌上放着一堆杂志。我穿过候诊厅，走进一个小卧室，一张狭窄的床上被单凌乱。我打开床头灯。

一件睡衣在枕边卷成一团。在衣橱里，用衣架挂着两套和卡多在居雅斯街上穿的一样形状的灰色西服。在窗脚，放着一双栗色的皮鞋，用鞋撑撑住。

显然，这就是卡多的卧室，在柳条筐里，我看见一个“国王”牌香烟的烟盒，这是雅克丽娜习惯抽的烟，大概是前一天晚上她来这里扔下的烟盒。

我机械地打开床头柜的抽屉，里面放着一堆安眠药瓶和阿斯匹林药瓶，以及名片。名片上写着：彼埃尔·罗博，外科—牙科医生，奥斯曼林荫大道160号，电话Wagram 1318。

手提箱用锁锁着，我犹豫了一下，要不要撬开？它并不重，里面大概放着钞票。我在西服的口袋里摸了摸，找到一个黑色的皮夹子，里面放一张身份证，是前年签发的，名字是彼埃尔·卡多，一九二三年六月十五日生于波尔多（纪龙德省），家住：巴黎奥斯曼林荫大道 160 号。

这么说，卡多至少住在这里有一年……这也是一个名叫彼埃尔·罗博的外科—牙科医生的住所。时间已经太迟了，无法向楼下看门人打听，况且我不可能手拿这个白铁皮箱子出现在他的面前。

我坐在床沿，闻到一股乙醚的气味，心里好像一阵刺痛，似乎雅克丽娜刚刚离开这个房间。

在离开大楼之前，我却决定敲敲看门人的玻璃门，里面亮着灯光。一个棕色头发的矮小的男人打开了门，头露在半掩的门缝间，用怀疑的眼神望着我。

“我想见罗博大夫。”我对他说。

“罗博大夫现在不在巴黎。”

“您能告诉我到哪里去找他？”他似乎越来越不信任我，眼睛停在我手上拿的白铁皮手提箱。

“您没有他的地址吗？”

“我不能给您地址，先生，我还不知道您是谁。”

“我是罗博大夫的亲戚，我在军队服役，回来休假几天。”

听了这些详细的自我介绍，他似乎对我稍稍放心些。

“罗博大夫在他的贝乌斯特的住宅里。”

我觉得这个地名的字的组合不很清楚。我叫他一个字一个字地读给我听：贝—乌—斯—特。

“对不起。”我对他说，“不过，我想罗博大夫不再住在这里，在住户名单上有另一个名字。”

我指了指名单和卡多的名字。

“这是罗博大夫的一个同僚。”

我又看出他脸上显出不信任的表情，他说：

“再见，先生。”

突然他转过身，关上门。

我已经在楼外了，决定步行到圣拉扎尔车站；手提箱真的不沉，林荫大道上冷清清的，大楼正面的灯熄灭了，不时有轿车擦身而过，朝星形广场驶去。我刚才敲了看门人的门可能犯下一个错误，因为他将说出我的体貌特征。为了自我安慰，我暗里在说：任何人——卡多，还有那个幽灵般的罗博大夫以及160号大楼的看门人——都无法指控我。是的，我所做的——潜进一个陌生的房间里，拿走一个不属于自己的手提箱，这行为对其他人来说，带有某种严重性——这一切对我来说不会有危险。

我不愿意马上返回图纳尔码头。我登上火车站的台阶，走进大厅。许多人涌进开往郊外的列车的月台上。我坐在一条板凳上，双腿夹着手提箱。渐渐地，我自己也觉得既像一个游客，又像一个休假的军人。圣拉扎尔车站给我提供一个逃避场所，它比列车将开往的郊外或诺曼底更广阔。买一张车票，去勒阿弗尔——卡多待过的城市。在勒阿弗尔，消踪在任何地方，消踪在广阔的世界。从海洋之门过去……

为什么这个车站大厅叫做歇脚大厅？大概在这里歇一会儿就出发了。再也不要用力，甚至你的脚力……

我一直走到大厅深处的餐厅。在露天座上，坐着两个休假军人，手里带的手提箱和我的一模一样。我差点儿向他们要开箱子的小钥匙，以便打开我的箱子。但是我害怕一旦箱子打开，里面一沓沓钞票会暴露在我的近邻，特别是暴露在一位穿便装的检查员的眼皮下。我听说他是火车站的巡警，一听说警察这两个字，使我想起雅克丽娜和樊·贝维，似乎他们俩要把我拖进一场冒险之中：从今以后，我将成为车站警察的猎物。

我走进餐厅，选择靠近玻璃窗的一张桌旁坐下，玻璃窗悬在阿姆斯特丹街的上方。我并不饿，叫了一份石榴汁。我把手提箱夹在双腿之间。我邻座的一对夫妇在低声谈话，男的棕色头发，三十来岁，颧骨上有麻点，他没有脱去外套；女的也是棕色头发，穿着一件皮大衣。他们刚吃完晚餐。这位女乘客与雅克丽娜一样抽的是“国王”牌香烟。在他们坐的长凳后靠着一个黑色的大包和一个同样颜色的皮箱子。我自忖他们是否刚到达巴黎或者正要出发。女的清晰地说：

“我们只能乘下一趟火车。”

“什么时候开？”

“十点十五分。”

“好的。”男的说。

他们用一种奇特的表情互视了一下。十点十五分，这也正是雅克丽娜往图纳尔码头给我打电话的时间。

男的结清了账，他们站起来。他提起黑包和手提箱，从我的桌前走过去，丝毫没有注意我。

侍者俯身对我说：

“您选好了吗？”

他指着菜单。

“这里是吃饭的餐厅……您想吃点什么？……”

“我在等一个人。”我对他说。

我从玻璃窗望出，突然看见那一男一女走在阿姆斯特丹街的人行道上。她挽着他的胳膊，他们走进一家旅馆。它就在不远的下面。

侍者又站在我的桌子前。

“先生，您决定吃点东西吗？我快要下班……”

我看了看表，八点十五分。我更愿意待在这里，而不愿冒着寒冷在外面闲逛。于是我点了菜。人流高峰期过去了，乘客都是坐去郊区的列车。

下面，阿姆斯特丹街上，布达佩斯广场前最后一家咖啡馆的玻璃窗后有许多人。那里，光线比但丁咖啡馆更黄、更浑浊。很久以来，我心里一直琢磨着，为什么这些人消失在圣拉扎尔附近，直到后来我才明白这个地区是巴黎最污浊的地方之一。刚才那一对夫妇也抵挡不住这一诱惑。他们宁愿错过火车的时间，也要来到旅馆里关在房间中，放下黑色的窗帘，就像利马旅馆一样，但这里的墙纸更脏，床单被前来的过客弄得皱巴巴的。在床上，她甚至不敢脱掉皮大衣。

我吃过晚餐，把手提箱放在长凳上，我的身旁。我拿把小刀，试试把刀尖插入锁眼。但锁眼太小。锁用几个小钉固定住，我可以用一把钳子拔出钉子。但何必呢？等会儿，我和雅克丽娜在一起，在图纳尔码头的房间里打开它。

我也可以一走了之，永远不给他们，不给她和樊·贝维留下任何音信。直至现在，我留下唯一好的回忆，是逃遁的回忆。

我心里想把一张纸剪成一片片小方块，在每一个方块上写上一个名字和一个地方：

雅克丽娜
樊·贝维
卡多
罗博大夫
奥斯曼林荫大道160号，三层
图纳尔码头65号，图纳尔旅馆
圣日耳曼林荫大道46号，利马旅馆
居雅斯街22号，居雅斯咖啡店
但丁咖啡馆
弗日雷索，迪耶普，巴涅欧罗内，昂基恩，
吕苏湄尔，兰格吕纳
阿提蒙

我要像洗扑克牌一样洗这些纸片，然后排列在桌面上，那么，这就是我现在的生活吗？对我来说。现在一切都局限在二十来个不相称的姓名和地址中，而我只是它们唯一的联系？我与这些名字和地方有什么共同的东西？我处于梦幻之中。在梦中当您受到危险威胁时，您知道随时会从梦中惊醒过来。倘若我决定离开这张桌子，随后一切都分离，一切都消失在虚空之中，只剩下一个白铁皮的手提箱和几块纸片，上面潦草地写着对任何人都没有意义的名字和地方。

我又穿过几乎空无一人的车站大厅。我朝月台走去。在巨大的列车时刻牌上，我寻找刚才那一对男女将要坐的二十二点十五分火车的目的地：勒阿弗尔。我似乎觉得这些列车没有开去任何地方，乘客被迫在车站溜达，从餐厅走到候车厅，从候车厅走到售货长廊和周围街道，还有一个小时要消磨。在郊区线附近，我停在一个电话间前。难道回到奥斯曼林荫大道 160 号，把手提箱放回原处吗？这样一切恢复原样，我就没有什么可自责了。在电话间里，我查了查电话簿，因为我忘了罗博大夫的电话号码。电话铃连续响着，没有人接。要不要打电话到贝乌斯特找这位罗博大夫，向他承认一切？现在雅克丽娜和卡多会在哪里？我挂断了电话，更愿意留下这个手提箱，带给雅克丽娜，这是唯一和她保持接触的办法。

我翻了翻电话簿。巴黎大街的名字在我眼皮下鱼贯而过，还有大楼的号码、居住人的姓名。我的目光停在：圣拉扎尔（火车站），惊奇地发现那里也有名字：

警察网	Lab 28 42
卧铺	Eur 44 46
罗马咖啡馆	Eur 48 30
终点站旅馆	Eur 36 80
搬运队	Eur 58 77
咖玻里尔·德玻里，花店，候车大厅	Eur 02 47
售货长廊：	
1 贝尔努瓦店	Eur 45 66
5 彼德罗和迪雷太太店	Eur 42 48
“大地”鞋店	Eur 44 63
电影放映室	Lab 80 74
19 布尔儒瓦（勒内）店	Eur 35 02
25 私人邮局	Eur 45 96
25（甲）诺诺-纳内特店	Eur 42 62
27 铁饼掷手店	Eur 41 43

能否和这些人打电话联系呢？这时候，勒内·布尔儒瓦在车站的某个地方吗？在候车大厅的玻璃窗后，我只看见一个穿着栗色外套的男人，倒在一条长凳上睡觉，外套的口袋里露出一张报纸，他是贝尔努瓦吗？

沿着宏伟的楼梯，我来到售货长廊，所有的店门都关闭。阿姆斯特丹广场里，出租车排队等待着，我听见马达“噗噗”的响声。售货长廊上，灯光明亮，我突然害怕撞上“警察网”——正如电话簿上所写的——的检查员。如果他要我打开手提箱，那我得无地自容，他们将易如反掌地把我逮住，拉到车站派出所。这太蠢了！

我走进电影放映室里，在出纳台付了两法郎半的钱，一位剪短发的棕色女引座员照着手电筒，带我到头几排的座位上，但我更喜欢坐在大厅的深处。银幕上接连出现新闻影像，播音员用一种刺耳的声音讲解。二十五年来，我听惯了这种声音。去年在波拿巴电影院里放映一场过时的剪辑影片，我也听到这种声音。

我把手提箱放在右边的座位上。在我前面，我数了数，稀稀拉拉共有七个人影，仅仅七个观众！厅里飘浮一种臭氧的温热的气味。当你走近地铁的栅栏边也常闻到这股气味。我几乎不太注意本周的时事短片，一刻钟又一刻钟，这些图像又出现在银幕上，毫无时间性，和这种刺耳的声音一样难受。我心里在自忖：播音员是不是安上假器而引起声音不正常。

时事短片第三次在放映，我看了看表，九点半。我前面只剩下两个人影。大概他们都睡着了。引座员坐在加座上，背靠在入口的后墙上。我听见折叠式的加座关叠的声音。她打开手电筒，扫了一下我这一排座位。她引导一位穿制服的年轻人，叫他坐在走道的另一旁。她熄灭了手电筒，两人坐在一起。我无意中听见他们的只言片语。他大概也是乘去勒阿弗尔的火车，两周之后他争取再来巴黎，他将打电话告诉她来巴黎的确切时间。他们坐在我的附近，仅是走道把我们隔开。他们讲话的声音越来越响，仿佛忘记了我在旁，也忘记前面还有两个睡着的观众。过一会儿，他们不语，两人紧靠着身体，拥抱亲吻。银幕上，总是刺耳的声音，喋喋不休的讲解，接二连三的影像：罢工者游行，一位外国政治家来访的车队穿行在巴黎街道上，爆炸……我宁可这些声音完全消失。播音员在讲解未来的灾难时，声调不变，没有流露一点怜悯，一想到这些，我就毛骨悚然。现在引座员骑在她的男伴的膝盖上，她在他的上面一冲一冲地颤动，像弹簧似的上下磨擦，不久她发出呻吟和喘息声，声音覆盖播音员刺耳的声音。

在罗马广场上，我在口袋里找有没有钱，十个法郎。我可以坐出租车，这比乘地铁更快，因为坐地铁我得在歌剧院站换车，得提着这个箱子沿着地道走一段路。

司机正准备把手提箱放在车尾箱里，不过我更愿意随身带箱子。我们沿着歌剧院大街而下，飞驶在码头上。那夜，巴黎冷清静谧，就像一个我将永远离开的城市。到达图纳尔码头。我怕房间的钥匙丢失。还好，就在我的雨衣的口袋里。

我走到总台前，值班人通常待到半夜。我问他有没有人打电话到三号房。他回答说没有。不过，这时才九点五十分。

我登上楼梯，他没有问我任何问题。可能他分不清樊·贝维和我，或者因为旅馆不久就要关门，他不再理进进出出的人。

我让房间的门虚掩着，以便我能听到他喊我接电话。我把手提箱平放在地上，然后躺在雅克丽娜的床上。枕头上留下乙醚的气味，她又吸乙醚吗？以后我会不会总把这种气味和雅克丽娜联系起来？

从十点开始，我心里焦急不安：她会不会来电话？我会不会再也见不到她？我经常在想：我认识的人不时会失踪，再也听不到任何消息。我自己也一样，有时与人约会，我不赴约；甚至我和人家走在街上，我趁人不注意，溜之大吉。圣米歇尔广场的一个大门曾帮我的大忙，我一跨过大门，溜进大院里，跑到燕子街。我在黑色的小记事本列了一个表，记下所有前后门相通的大楼……

我听见楼梯口值班人的叫声：三号房有电话。十点十五分了，我已经不相信会来电话。她不辞而别甩开卡多，她现在十七区。她问我有没有带回箱子，叫我把她的衣服放在一个旅行袋里。我还得到利马旅馆拿我的东西，然后到但丁咖啡馆等她。不过，我应该尽快离开图纳尔码头，因为这是卡多可能来的第一个地方。她讲话的声调十分平静，似乎她头脑里事先安排好这一切。我从壁橱里拿出一个旧旅行袋，在袋里塞进两条裤子、一件皮上衣、胸罩、几双红布鞋、卷领羊毛衫，以及盥洗架上的梳洗用具，其中有一瓶乙醚。衣橱里只剩下樊·贝维的衣服。我让灯光亮着，为使值班人以为屋里还有人住，我关上门。樊·贝维几点回来呢？他会到但丁咖啡馆和我们会合吗？她有没有打电话到弗日或迪耶普，同样通知他？

我提着旅行袋和手提箱，跑下楼梯。我没有打开定时路灯，担心引起值班人的注意。他趴在一张报纸上，好像在做填字游戏。我经过时，禁不住望了他一眼。但他没有抬头看我。到了图纳尔码头，我害怕听到有人在我身后叫：先生先生……请马上回来……而且，我还预先想象过：卡多的汽车停在我的身边……不过，一到贝尔纳会修士街，我恢复了镇静。我很快登上我的房间，把几件衣服和剩下的几本书塞进雅克丽娜的袋子里。

然后我下楼，结清了账。夜间值班人没有问我任何事。到了外面，跑到圣日耳曼林荫大道，我心里感觉一种习以为常的醉意。每次我逃跑时总是感觉昏沉欲醉。

*

我坐在咖啡馆深处的桌旁，把手提箱平放在长凳上。厅里没有一个人，仅有一个顾客倚在酒吧的柜台前。那儿，墙上一排排香烟的上方，时钟的针儿指着十点半。在我的身旁，第一次看见电动弹子台这么静。现在，我肯定她会如期赴约。

她走进来。不过她的目光没有马上找我，先到柜台买了包烟，然后来到长凳上坐下。她看到手提箱后，两肘支在桌上，长长地叹了一口气。

“我终于把他甩掉了。”她对我说。

卡多、她和另一对男女在裴雷尔广场附近的一家餐馆吃晚饭。她原想在晚餐结束时就溜掉，但是他们坐在餐馆的露天台座上，有可能看见她走向出租车站或地铁口。

他们离开餐馆，她不得不和他们一起上车。他们又把她带到一个酒吧里喝酒，酒吧在离刚才餐馆不远的栗树宾馆里。于是，她不声不响地离开了他们。一旦自由脱身，她就在库塞尔林荫大道的一家咖啡馆里给我打电话。

她点了一支烟，开始咳嗽起来。她把手搭在我的手上，就像上次在居雅斯街我看到她的手放在樊·贝维的手上一样，她继续咳着，真讨厌的干咳！

我拿掉她的烟，在烟灰缸里压熄。她对我说：

“我们俩都得离开巴黎……您同意吗？”

我当然同意喽！

“您喜欢去哪里？”我问道。

“随便一个地方。”

里昂车站就在附近，只要沿着码头走，就可以到植物园，然后穿过塞纳河。我们俩似乎都沉入水底，无路可退了，现在该是用脚跟用力踩水，浮回水面，找条生路的时候了。那边，雅克丽娜溜走这么久，卡多可能开始生疑。而樊·贝维可能还在迪耶普或弗日。

“那热拉，我们不等他吗？”我问她。

她用头摇了摇，示意我“不”，她脸上的肌肉痉挛一下，接着泪如雨下。我可以理解她的心情。她之所以要我们俩一起出发，是要和她生命的一段时期决裂。而我也一样，在我的身后留下我直至那时所经历的无生气、不肯定的年代。

我心里想再次劝她说：要不要再等等热拉？但我沉默

了。一个穿着人字斜纹布大衣的身影永远凝固在那年的冬天里。我的脑海又涌出两个字："中五"。还有一个穿着灰色西装的棕发男人，我刚刚碰见他，还不知道他究竟是不是牙医；还有我双亲那越来越模糊的脸庞。

我从雨衣的口袋抽出一把钥匙，放在桌上，它是她曾经交给我去开奥斯曼林荫大道套房的那把钥匙。

"怎么处理它?"

"留作纪念吧!"

酒吧柜台前没有一个顾客。在一片寂静中，我听见我们四周的霓虹灯发出"吱吱"的声音。它们射出的光芒在露天台座的玻璃的底色上显得特别耀眼，光线太强烈，犹如未来春天夏日带来的希望。

"应该朝南面走……"

我口里说出：南面，心里感觉一阵惬意。那晚，在冷僻的大厅里，在霓虹灯的光芒下，生命好像没有一点重量，是那么容易逃走……子夜已过，老板朝我们的桌子走来，告诉我们：但丁咖啡馆关门的时间到了。

*

在手提箱里，我们找到了两沓钞票、一双手套、几本外科的书和一架订书机。钱太少，雅克丽娜好像有点失望。

在去南方和马略卡之前，我们决定绕伦敦走。我们把手提箱扔在北站的行李寄存处。

我们在车站餐厅里等了一个多小时的火车。我买了一个信封和邮票，把行李寄存处的收据寄给奥斯曼林荫大道160号卡多收，我还附上一句话：我保证在不久的将来还清他的钱。

*

在伦敦，那年春天，要成年人和结过婚的才能在旅馆里下榻。我们待在布卢姆斯伯里的一个家庭式膳宿公寓里。那里的老板娘佯装把我们俩当作兄妹。她给我们一个房间。它既可以当吸烟室，也可以当阅览室，里面有三张长沙发和一架书橱。我们只可以住五天，条件是要先付房租。

随后，我们每人轮换到总台登记，似乎我们互不认识。我们终于在坎伯兰租到两间房子。这个旅馆粗糙的门面朝向马布尔拱门。然而，我们在那里只住三天，又得离开，因为他们察觉到我们在说谎。

我们真不知道该住在哪里。离开了马布尔拱门，沿着海德公园径直往前走，走进苏塞克斯花园街。这条街的地势渐渐升高，通到帕町顿火车站。在左边人行道上，小旅社一家接一家。我们随便找到一家。这一次他们不向我们要证件看。

*

夜，我们走在回旅社的路上，每隔一个钟头，心中的疑惑就袭来一次，尤其是想到过一会儿我们得经老板的允许，像黑户一样躲藏在房间里。

在跨进旅社的大门之前，我们又沿着苏塞克斯花园街散步。我们俩任何一人都无心回巴黎。从今以后，我们被禁止居住在图纳尔码头和拉丁区。当然，巴黎是个大城市，我们完全可能改住在另一个区，用不着害怕碰见热拉·樊·贝维或卡多。然而，最好还是不要走回头路。

不知过了多少日子后，我们才认识了林达、彼得·拉赫曼和迈克尔·莎宛德拉。大约是半个月。漫长的半个月，没完没了地下着雨。为了逃避这间墙纸布满霉斑的卧室，我们常去电影院，然后散步消磨时间。我们总是沿着牛津街步行，经过布卢姆斯伯里，在那里我们度过了来伦敦的第一个夜晚。然后我们又沿着牛津街朝相反方向走去。

我们努力推迟回旅社的时间。我们无法在雨中继续步行，不过，我们总有精力看电影，去逛大商店或进咖啡馆。但是到最后还得下决心返回苏塞克斯花园街。

一天傍晚，我们走得更远，直走到泰晤士河对岸。我心里感到一阵恐惧。那正是人流高峰期，一大群住在郊区的人涌向火车站，穿过滑铁卢桥。我们在桥上与他们相遇。我们被他们往后搡，我害怕被他们推回来。后来我们好不容易脱了身，来到特拉法尔加广场，坐在一张凳子上休息。在途中，我们一声不吭。

“你觉得不舒服吗？”雅克丽娜问我，“你脸色发白……”

她朝我笑了笑。我心里明白她在努力克制自己，保持冷静。一想到还要在牛津街的人群中穿行返回旅社，我心里就难受。我不敢问她是否有同感。我说：

“你不觉得这是一个很大的城市吗？”

我也强装出笑容。她望了望我，皱一下眉头。

“这是一个很大的城市，但我们不认识任何人……”

我的声音失真，连一个字也说不出口。

她点上一支烟。她像在巴黎一样，穿着那件太单薄的皮上装，有点咳嗽。我为离开巴黎的图纳尔码头、奥斯曼林荫大道和圣拉扎尔火车站，心里有点懊悔。

“在巴黎更容易……”

不过，我说话的声音很低，我心里在问：她有没有听到。她沉浸在思索之中，忘记了我的在场。我们前面有一个红色的电话间，一个女人从里面走出。

“很遗憾，我们没有一个人可以打电话……”我对她说。

她转过身，把手搭在我的臂弯上。刚才，我们沿着斯特兰街朝特拉法尔加广场走时，她大概也一样感到气馁，但是现在她克制住了。

“应该弄点钱去马略卡……”

自从我认识她，我看到信封上的地址以来，她的这个想法坚定不移。

“到了马略卡，我们就安心了，你可以写你的书……”

一天，我曾告诉她：我将来希望写书，不过此后我们再没有机会提起这件事。现在，她这样暗示可能是为了安慰我。显然，她远比我冷静。我仍然想知道她准备用什么办法弄到钱，她不像忧心忡忡：

“只有在城市里可以弄到钱……你想想：假如我们掉进旷野的一个窟窿里。”

是的，她说得有道理。我顿时觉得好像特拉法尔加广场更有安全感。我注视着喷泉流出的水，心里稍稍平静。我们并不是非待在这个城市不可，非淹没在牛津街的人群中不可，我们有一个很简单的目的：弄点钱去马略卡。这像樊·贝维的赌法：输后下双倍的赌注，非赢点不可。我们周围有这么多的街道和十字路口，这更增加我们的运气，我们最终有一个意外的收获。

从此之后，我们避免进牛津街和市中心。我们总是朝西走，朝霍兰公园和肯辛顿区走去。

一天下午，在霍兰公园的地铁站，我们照了一张即时取相的相片。我们贴近脸摆个姿态。我留着这张纪念性的相片，雅克丽娜的脸在近景，我的脸稍稍退后点，在照片的边缘，看不到我的左耳朵。闪光灯亮后，我们狂笑起来。在照相小间内，她想坐在我的膝盖上。随后，我们沿着霍兰公园旁边的一条大街走，街旁尽是有柱廊的白色高房子。自从我们来伦敦以来第一次看到太阳。我好像觉得从那天下午开始，就一直是好天，以后渐渐变热，出现一种早夏的气候。

*

吃中饭的时候，我们在诺汀希尔门的一家咖啡馆里认识了一位名叫林达·雅各布森的女子，她先向我们搭话。她是一位年纪与我们相仿的棕发姑娘，留着长头发，高颧骨，稍稍带有蒙古褶的蓝色眼睛。

她想知道我们来自法国的哪个地区。她慢条斯理地说话，似乎她每吐一个字都要犹豫一下。这样我们很容易听懂她说的英语。我们住在苏塞克斯花园街的一家不三不四的旅社里，她听了好像感到十分吃惊。不过，我们对她解释：我们别无选择，因为我们俩都是未成年人。

翌日，我们在同一地方又找到她。她来到我们的桌子旁坐下，问我们是不是打算在伦敦长期住下。令我吃惊的是，雅克丽娜告诉她：我们准备待在这里好几个月，甚至想找份工作干干。

“这么说，你们不能继续住在那家旅社里……”

每天夜里，我们都想出门，因为卧室里飘浮着一股怪味，一种有点发甜的怪味。我不知道它是来自阴沟，还是来自厨房，或是从腐烂的绒地毯发出。早晨，我们在海德公园散步很久时间，为使渗入在我们衣服里的怪味散去，它消失了，但在白天它又袭来。我问雅克丽娜：

“你闻到一股怪味吗？”

一想到它追逐我们一生，我就心灰意懒。

“这很可怕，”雅克丽娜用法语对她说，“这是旅社发出的怪味……”

我勉勉强强地译了她的话，林达终于明白了，她问我们有没有钱。手提箱里的两沓钱，我们就剩下一沓了。

“不太多，”我说。

她扫了我们一眼，笑了笑。每次有人对我们表示怜悯，我都感到惊奇。后来我在一个塞满旧信件的鞋盒里又找到那张在霍兰公园照的相片，我为我们脸上露出的纯真感到惊讶。我们的纯真容易引起人家的信任。我们没有别的，只有青春赋予的纯真，在很短的时间内能获得任何人的信任，就像一个永远无法实现的、含糊其辞的誓言。

“我有一个朋友可以帮助你们。”林达对我们说，“明天，我带你们认识他。”

她经常在这家咖啡馆里和他约会。她住在这附近，而她那位朋友在西界林街上面有他的办公室。那条大街上有两家电影院，雅克丽娜和我曾常去那里，总是去看夜间最后一场电影，以推迟回旅社的时间。对我们说来，每天晚上在那里看同样的电影也无关紧要。

*

翌日，中午时分，在林达的陪同下，我们在咖啡馆里等候。彼得·拉赫曼走进来。他坐在我们的桌子旁，连向我们问好都没有。他吸着一支雪茄，烟灰撒在他衣服的翻领上。

他的身体使我感到十分诧异：从外表看，我似乎觉得他很老，其实不过四十岁，中等个头，臃肿肥胖，圆圆的脸庞，光秃秃的前额和头顶，戴着玳瑁架眼镜，一双孩童的胖手和宽阔的肩膀形成鲜明的对照。

林达向他讲述了我们的情况，不过她说得太快，我听不懂她所说的。他眯着小眼，注视着雅克丽娜，不时，他烦躁地吐出一口雪茄烟雾，吹到林达的脸上。

她停下了，沉默不语。他朝我们——雅克丽娜和我——笑了笑，然而，目光冷峻，他问我：我们住在苏塞克斯花园街的旅社名叫什么。我告诉他：拉德诺旅社。他大笑一声：

“你们不要付房租……那是我的旅社……你们以我的名义告诉值班人，就说免费给你们居住……”

他转过头对雅克丽娜说：

“这么一个漂亮的姑娘住在拉德诺旅社，这怎么行呢？”

他努力装出绅士的腔调，这反使他噗嗤一笑。

“您开旅馆？”

他没有回答我的话，又把雪茄的烟雾吹向林达的脸上，然后耸了耸肩膀。

“不用着急……”[①]

他重复了好几次这句话，自言自语，然后起身去打电话。林达发觉我们有点困惑，想给我们解释一下。这个彼得·拉赫曼专做楼房的买卖生意。说“楼房”可能有点言过其实，实际上他做的是百瓦特和诺汀希尔这两个区周围的破旧房屋和陋室的买卖。她不大懂他的生意。不过，她对我们再三说：他表面上粗鲁，其实是个很慷慨的人。

拉赫曼的“美洲豹”牌轿车停在较远的地方。林达坐在前座，她转过头对我们说：

“你们可以搬到我家里住，等彼得给你们另找一个地方……”

他的车子启动了，沿着肯辛顿花园街驶去，然后进入苏塞克斯花园街，最后停在拉德诺旅社前。

---

① 原文为英文。

“去搬你们的行李。”他对我们说，“记住，别付账……”

服务台没有一个人，我摘下房间的钥匙。自从我们住在这里以来，我们就把衣服放在两个旅行袋里。我拿起它们，立即走下楼梯。拉赫曼在旅社前来回踱步，口里叼着雪茄，手插在上衣的口袋里。

“离开拉德诺，高兴吗？”

他打开“美洲豹”的车尾箱，我放好两个旅行袋。在开车之前，他对林达说：

“我得去丽都一会儿，然后带你们去……”

我还感觉到旅社的那股发甜的怪味，心里在想：要过多少日子，它才最终从我们的生命中消失。

沿着蛇曲河，到了海德公园，丽都是一处浴场，拉赫曼在窗口买了四张票。

“奇怪……这像德丽妮游泳池。”我对雅克丽娜说。

我们进去后，走到一个河滩上，岸上一排排用太阳伞荫蔽的桌子。拉赫曼选择了一张在荫处的桌子。他嘴里总是叼着雪茄，我们坐下来，他用一块大白手帕擦额头和脖子，转过脸对雅克丽娜说：

“您想洗澡就洗吧……”

“我没有带游泳衣。”雅克丽娜说。

“这里可以找到……我叫人给您找一件……”

“用不着喽!”林达用冷淡的口气说，“她不想洗澡。”

拉赫曼低下头，继续擦额头和脖子。

“你们想喝饮料?”他提议。

然后，对林达说：

“我和莎宛德拉在这里有个约会。”

这个名字使我想起一个异国人的侧影。我预想将看到一个披着纱丽的印度女郎走近我们的桌子。

然而，来的却是一个三十来岁的金发男人，挥着手，朝我们走来，拍了一下拉赫曼的肩膀，他向雅克丽娜和我自我介绍：

“迈克尔·莎宛德拉。”

林达告诉他我们是法国人。

他去邻桌拿了一把椅子，坐在拉赫曼的身旁。

“唉！有没有写出什么新的东西来?”拉赫曼问他，用目光冷峻的小眼睛瞪着他。

“我还在写那个电影剧本……等着瞧吧!”

“好的……正如您所说的，等着瞧吧!”

拉赫曼以一种轻慢的口气说。莎宛德拉双臂交叉着，目光停在雅克丽娜和我的身上。

“你们来伦敦很久了吗？”他用法语问道。

“已有三周了。”我答道。

他好像对雅克丽娜很关切。

“我在巴黎待过一段时间，”他用不熟练的法语结结巴巴地说。“住在塞纳街的路易斯安那旅馆……我曾经想在巴黎拍一部电影……”

“不幸的是，没有拍成。”拉赫曼还是用轻蔑的语调说，“他懂法语，我真感到吃惊。”

沉默了一阵子。

“不过，我敢肯定，这次可会拍成。”林达说，“是不是，彼得？”

拉赫曼耸了耸肩，莎宛德拉显得拘束不安，总是用法语问雅克丽娜：

“你们住在巴黎吗？”

“是的。”我不等雅克丽娜开口，就抢先回答，“离路易斯安那旅馆不远。”

雅克丽娜的目光与我的目光碰在一起，向我眨了眨。突如其来的一种欲望拽住我：重新回到路易斯安那旅馆前，和塞纳河重聚，再沿着岸边的旧书摊徜徉，一直走到图纳尔码头。为什么突然对巴黎惋惜起来呢？

拉赫曼问莎宛德拉一个问题，他滔滔不绝地回答。林达不时在插嘴。我不再集中精力听他们的话。我看得出雅克丽娜也不再注意他们的谈话。每天到这时候我们就打呵欠，因为我们在拉德诺旅社睡得很差，每夜仅睡四五个小时。早晨起来很早，夜里又尽量推迟回去，我们就在海德公园的草地上睡一会儿午觉。

他们继续在讲话，雅克丽娜不时地闭上眼睛，我也一样。但我怕睡着了，当我们觉得其中一人快睡着时，我们就用脚在桌子下踢对方。

我大概蒙蒙眬眬地睡了一会儿。他们说话的嗡嗡声夹杂在沙滩上的笑声、叫声和跳水声中。我醒过来稀里糊涂：我们在哪里呢？在马恩河畔或是在昂基恩湖滨？这个地方就像另一个丽都，谢纳维埃尔的丽都，或像瓦雷纳的运动场。我好像觉得我和雅克丽娜将在晚上乘文森线的地铁回到巴黎[①]。

有人拍一下我的肩膀，是拉赫曼。

“累了吗？”

雅克丽娜坐在我的对面，努力睁大眼睛。

“你们大概在我的旅社里没有睡好。”拉赫曼说。

---

① 谢纳维埃尔和瓦雷纳都在巴黎郊区，文森为巴黎地铁第一号线的终点站。

“你们住在哪里？”莎宛德拉用法语问道。

“在一家比路易斯安那旅馆差得多的地方。”我答道。

“幸亏我碰见他们。”林达说，“他们要搬到我家住……”

我真想知道他们为什么对我们这么热情。莎宛德拉的目光总是瞪在雅克丽娜身上。但是她不知道，或者她装着没有察觉到。他，我觉得他很像一个美国演员，我在想这个演员叫什么，哦！对了，叫约瑟夫·科顿。

“你们将看到，”林达说，“你们在我家将住得舒服多了……”

“总而言之，”拉赫曼说，“我们并不缺房子，下星期开始，我可以给你们一套房子住……”

莎宛德拉好奇地注视着我们，转身问雅克丽娜：

“你们是兄妹吗？”他用英语问道。

“算您倒霉，迈克尔，”拉赫曼冷冰冰地说，“他们是夫妻。”

走出丽都，莎宛德拉握了握我的手。

“我希望很快再见到你们。”他用法语说。

接着，他问拉赫曼有没有读过他的电影剧本。

“还没有，我需要时间，我刚刚学会读……”

他大笑一声，玳瑁架眼镜后总是射出冷淡的目光。

为了消除拘束，莎宛德拉对雅克丽娜和我说：

“我更喜欢你们读一读这个电影剧本，一些场面发生在巴黎，你们可以改一改法语的错误。”

“好主意，”拉赫曼说，“让他们读……这样，他们给我写个剧本梗概……”

莎宛德拉沿着海德公园的一条小径走远了。我们又坐在拉赫曼的美洲豹轿车的后座上。

“他的电影剧本，好看吗？”我问道。

“哦，是的……我相信这个剧本写得不错。”林达说。

“你们拿吧！”拉赫曼说，“它放在车上。”

的确，在后座的脚边有一本深灰褐色的卷宗。我捡起来，放在膝盖上。

“为拍电影，他要我给他三千英镑。”拉赫曼说，“为写一个我不会去读的电影剧本，这太多了……”

我们又回到苏塞克斯花园街。我害怕他又把我们带到旅社，又得闻到走廊和房间里散发的那股发甜的怪味。不过，他继续开向诺汀希尔街，然后拐向右边，朝有多家电影院的大街的方向驶去，最后进入一条街道，两旁是树木和一排排有柱廊的白房子。他停在一幢房子前。

我们和林达从车里走出，拉赫曼还待在司机座上。我从车尾箱里拿出两个旅行袋。林达打开锻铁门。一个楼梯陡直。林达走在我们前面。楼梯口有两个门，林达打开左边的门，房间四壁雪白，窗口朝向街道，没有家具，地板上放着一个大床垫，隔壁是洗澡间。

“你们住在这里好。”林达说。

我从窗口望出，看见拉赫曼黑色的轿车沐浴在一片阳光之中。

“您真好！”我对她说。

“不是我……是彼得……这房子属于他的……他有很多房子……”

她想让我们看看她的房间，从楼梯口的另一个门进去。床上和地板上乱七八糟地扔着衣服和唱片，房间里飘浮着一股气味，和拉德诺旅社一样呛鼻，不过更带甜味：印度大麻的气味。

“不必介意。”林达说，“我房间里总是乱七八糟的……”

拉赫曼从车子里钻出来，站在门口前。他又用白色的手帕擦额头和脖子。

“你们大概需要零花钱吧？”

他拿给我们一个天蓝色的信封。我正要对他说我们不需要。但雅克丽娜毫不拘束地接过信封。

“我非常感谢您。”她说着，好像是顺理成章似的，“我们将尽快还清您。”

“我希望这样。”拉赫曼说，“加上利息……总之，您将用实物偿还我……”

他噗嗤一笑。

林达递给我一串钥匙。

“有两把钥匙，”她说，“一把是临街的大门，一把是套房的门。”

他们坐上轿车。在拉赫曼开车前，林达降下车门的玻璃，对我们说：

“我给你们住处的地址，要是你们迷路的话……”

她写在天蓝色的信封上：切普斯陶别墅 22 号。

回到房间里，雅克丽娜打开信封，里面有一百英镑。

“我们不该接受这笔钱。”我对她说。

“该要……我们需要钱去马略卡……”

她知道我一时转不过弯。

“我们差不多需要两万法郎，以便在马略卡找一套房子，生活下来……我们一到那里，就不需要任何人帮助……”

她走进洗澡间，我听见浴缸里水流的声音。

“真舒服！”她对我说，“我很久没有洗澡了。”

我躺在床垫上，努力不使自己睡着，我听见洗澡的声音。这时，她说：

“你瞧！多痛快！热水……”

在拉德诺旅社的盥洗池里，水龙头只流出细细的冷水。

天蓝色的信封放在床垫上，我的身旁。我渐渐地进入温馨的迷糊状态，我的顾忌融化了。

晚上七点左右，林达的房间里传来一曲牙买加音乐，把我们吵醒。在我们下楼前，我敲了她的门，闻到一股印度大麻的气味。

过了好久，她开了门，穿着一件红海绵浴衣，在门洞里露出头来：

“对不起……我里面有客人……”

“没有事，只是来向您道个晚安。”雅克丽娜说。

林达犹豫了一下，随后决定说：

“我可以相信你们吗？你们见到彼得时，千万别让他知道我这里有人来……他很嫉妒……上一次，他突然来到，差点儿全把东西打碎，把我扔出窗外。”

“要是今天晚上他来呢？”我说。

“这两天他不在，去海滨，到布莱克浦买旧的木板屋。”

“他为什么对我们这么好？”雅克丽娜问道。

“彼得十分喜欢青年人，他几乎不见与他同龄的人，只喜欢年轻人……”

一个男人的声音在叫她，一个被音乐盖住、很低沉的声音。

“对不起……一会儿见……别客气……”

她笑了笑，关上门，乐曲声更响，我们在街上远远还能听见。

“我仍觉得他是个怪人，这个拉赫曼。”我对雅克丽娜说。

她耸了耸肩。

“我，他并不使我感到害怕……”

她似乎已经和这种人打过交道，觉得他完全没有恶意。

“不管怎么说，他喜欢年轻人……”

我用一种凄伤的声调说了这句话，这声调逗她一笑。夜幕降临，她拽住我的胳膊。我再也不愿意自寻烦恼，不愿意担心将来。我们穿过静谧的外省小巷，走向肯辛顿。一辆出租车从身旁开过，雅克丽娜抬起手臂叫住车。她告诉司机开往奈茨桥附近的意大利酒家。她曾经在散步时记下这个酒家，心想我们有朝一日有钱时，要进这家馆子风光风光。

套间里一片寂静，林达的门缝没有透出一丝光线。我们半开着窗户，街上没有一点声音。正对面，在树荫下，一个红色的电话间里亮着灯，但没有人。

那夜，我们好像觉得已经住在套间里很久了。我把迈克尔·莎宛德拉的电影剧本放在地上，开始读它。题目是《布莱克浦的星期天》，两个主角：一个姑娘和一个二十来岁的小伙子，在伦敦的郊外闲逛。八月，他们来到蛇曲河的丽都和布莱克浦的海滩。他们出身贫寒，讲话带伦敦的土腔。后来，他们离开英国，来到巴黎，最后来到地中海的一个岛屿上，可能是马略卡。他们终于过上真正的生活。我一边往下读，一边把情节梗概告诉雅克丽娜。莎宛德拉的愿望正如他在序言里所说的，是要把电影当作一部纪录片，选择不是专业演员的一个小伙子和一位姑娘表演。

我记得他曾经叫我改一改剧本中有关巴黎一节的个别法语错误，我的确发现了几处法语错误和有关圣日耳曼区街名的几个小差错。我越往下读，越觉得有必要补充一些细节，或修改个别章节。如果他愿意，我可以和他共同创作《布莱克浦的星期天》。

*

随后几天，我没有机会再见到迈克尔·莎宛德拉。我读了《布莱克浦的星期天》，突然心血来潮，也想写一个故事。一天早晨，我醒得很早。我尽量不弄出声音，怕吵醒雅克丽娜，她习惯睡到中午。

我在诺汀希尔街的一家商店买了一沓信纸，然后我趁这夏日的清晨，径直沿着霍兰公园大街走。对，我们住在伦敦的时候，正是盛夏季节。因此，彼得留在我记忆中的印象，是一个站在蛇曲河岸边背光的、粗壮的黑身影，我没有看清他的脸部轮廓，因为太阳和阴影反差明显。至今，还回荡在我耳边的声音：他那哈哈的笑声、跳水的声音、在阳光和炎热的气浪下沙滩上清脆的说话声、林达的声音和迈克尔·莎宛德拉问雅克丽娜的声音：

"你们来伦敦很久了吗？"

我坐在霍兰公园附近的一家咖啡馆里。我对我要写的故事没有一点头绪，仿佛要把句子偶然地凑合在一起，也像发动一架水泵或发动一架咬刹的马达一样。

我越往下写，越感到《布莱克浦的星期天》对我的影响。莎宛德拉的电影剧本成了我的跳板？这倒是无关紧要。冬天的一个晚上，两个主角到达北站，他们平生第一次来到巴黎。他们在这个区走了很久，寻找一家旅社，他们终于在马真塔林荫大道找到一家旅社，值班人同意接纳他们：这是英比旅馆。邻近的一家旅馆，即伦敦—安特卫普旅馆，借口他们是未成年人，拒绝他们居住。

他们没有离开这个区，似乎害怕走远了会有危险。在贡比涅街和敦克尔刻街的拐角，有一家咖啡馆，正好在北站的对面。晚上，他们坐在这家咖啡馆里，邻桌坐着一对奇特的男女：夏勒尔夫妇。他们自忖这对夫妇在这里究竟做什么：女的是一位气度优雅的金发女郎，男的是一个讲话柔和的褐发男人。这对夫妇邀请他们去离此不远的马真塔林荫大道的一个套房里，房间光线昏暗，夏勒尔太太给他们倒酒……

我就写到这里，三页半。《布莱克浦的星期天》的两位主角到达巴黎后，又马上住在圣日耳曼-德-普莱街区的路易斯安那旅馆。而我不让他们穿过塞纳河，让他们在北站这个居住区里陷入困境，不知所措。

在电影剧本里不存在夏勒尔夫妇，是我自由发挥的。我急着要写下去，但我还是太嫩太懒，无法集中精力在一个小时以上，每天写的东西也无法超过三页。

*

每天早上，我来到霍兰公园附近写作。我的思绪离开伦敦飞往巴黎北站前，我徜徉在马真塔林荫大道前。今天三十年过去了，我在巴黎，又离开现在一九九四年七月，逃遁到那年的夏天：微风轻轻地抚摸霍兰公园的树叶，树荫和太阳的明暗对比这么强烈，我再也认不出它们的相似点。

我成功地摆脱《布莱克浦的星期天》的影响。不过，我应该感激迈克尔·莎宛德拉在我心里唤起一种灵感。我问林达我能否再碰见他。一天晚上，他、雅克丽娜、林达和我，一起在诺汀希尔街的里约聚会。这个地方牙买加人常去，那天晚上，我们是唯一的白种人。不过，林达对这个咖啡馆十分熟悉。我想，她是在这里得到印度大麻的，烟雾弥漫房间的四壁。

我告诉莎宛德拉：他剧本里一段发生在圣日耳曼-德-普莱的故事我改了几处法语的错误。他忧心忡忡，担心拉赫曼会不会给他钱，要不要先和巴黎的电影制片人取得联系。他们准备启用“年轻人”……

“不过好像拉赫曼也喜欢年轻人。”我提醒他。

随后，我望了雅克丽娜一眼，她朝我笑了笑。林达好像在思索，再三说：

“是真的……他喜欢年轻人。”

一个约莫三十岁的牙买加男子，小个头，样子像一个骑师，来到她身边坐下，胳膊搭在她的肩膀上。她把他介绍给我们：

“他叫埃奇罗兹……”

时间过了这么多年，我还记得他的名字：埃奇罗兹。他说他很高兴见到我们。我认出他的声音就是那天在林达房间里从门后叫她的低沉的声音。

埃奇罗兹告诉我：他是乐师，刚从瑞典巡回演出归来。正在这时，彼得·拉赫曼闯进来，他朝我们的桌子走来，玳瑁架眼镜后的双眼直视着林达，她大吃一惊地挪动一下身子。

他已站在她的面前，用手背狠狠地扇了她一巴掌。

埃奇罗兹站起来，用拇指和食指拧住拉赫曼的左脸颊。拉赫曼的头用力摇动，企图脱开，但他的玳瑁架眼镜掉到地上。莎宛德拉和我努力从中劝开他们。其他牙买加人已经把我们的桌子团团围住。雅克丽娜保持镇静，仿佛对这种场面完全漠不关心，她点着烟。

埃奇罗兹夹紧拉赫曼的脸颊，拉到门口，就像老师把一个顽皮的学生揪出教室一样。拉赫曼几次企图挣脱他。突然他左拳出击，打在埃奇罗兹的鼻子上。埃奇罗兹松开手。拉赫曼打开咖啡店的大门，一动也不动地站在人行道的中间。

我来到他身旁，把刚才从地上捡起的眼镜递给他。突然，他摸了摸脸颊，显得十分冷静。

“谢谢，老兄。”他对我说，“对这些英国妓女，犯不着伤神。”

他从衣服口袋里掏出白手帕，细心地擦镜片，随后，用一种庄重的姿态调了调眼镜，双手夹紧眼镜脚。

他上了美洲豹车，开车前，他降下玻璃：

“老兄，我希望您唯一的事是您未婚妻不要像所有英国妓女一样……”

在桌子四周，他们都沉默不语，林达和迈克尔·莎宛德拉好像焦急不安。埃奇罗兹在静静地抽烟，鼻孔有一滴血。

“彼得的心情将坏透了。”莎宛德拉说。

“这要过几天，”林达耸了耸肩，“会平静的。”

雅克丽娜和我偷偷地交换一下眼色。我觉得我们心里不约而同地自忖：是不是还住在切普斯陶别墅？在这三人的陪同下，我们做什么好？埃奇罗兹的牙买加朋友来向他问安，咖啡馆里客人越来越多。熙熙攘攘。我闭上眼睛，好像身处但丁咖啡馆里。

我们告辞了林达和埃奇罗兹，以及他的朋友。因为到后来这些人不理睬我们了，好像我们是擅自闯入者似的。迈克尔·莎宛德拉坚持要陪我们走一段路。

莎宛德拉走在雅克丽娜和我之间。

“你们大概怀念巴黎吧？”他说。

“不太想。”雅克丽娜说。

“我呢，刚好相反，”我说，“每天早上，我的心就飞到巴黎。”

我告诉他我正在写一本小说，小说的开头发生在巴黎的北站区。

“我是从《布莱克浦的星期天》得到灵感，”我向他承认，“这也是两个年轻人的故事……”

但是，他对我说的话并不介意，他注视我们俩说：

“这是你们俩的故事。”

“不完全是。”我说。

他焦虑不安，心里在暗想：他的剧本能否得到拉赫曼的首肯。这个人明天一早也有可能连剧本都不读，就给你三万英镑的现金，也可能对你的脸上吹一口烟雾，说声不行。

据他说，刚才我们目击的场面常有发生。其实，拉赫曼喜欢这样刺激，这是他摆脱神经衰弱痛苦的一种消遣法。真可以以他的一生为题材写一部小说。拉赫曼在战后与东欧的难民一道来伦敦。他出生在奥匈、波兰和俄国边界的某个地方，一个变换过好几个名字的驻防城市。

“你们大可向他提一些问题，”莎宛德拉对我说，“他可能会回答你们……”

我们走到西界林街，莎宛德拉大声叫住驶过的出租车，对我们说：

“对不起，我不能陪你们到家，你们不会骂我吧？……我的确累死了……”

他钻进车子前，在一个空烟盒上写上他的地址和电话号码。他希望我尽快告诉他我的修改意见，以便一起读我在《布莱克浦的星期天》上的改动。

又剩下我们俩了。

“我们再走一会儿，然后回去。”我对雅克丽娜说。

在切普斯陶别墅里，我们等待的将是什么事情发生？会不会像林达曾对我们说过的，拉赫曼把房间里的家具全扔出窗外？或者他可能暗中监视她和她的牙买加朋友，伺机当场捉住她？

我们走到一个街心公园前，我忘记了它的名字，离我们住的房子不远。我常在伦敦的地图上查找它，究竟是莱德布鲁克公园，或者是更远些，在百瓦特一带？公园周围房屋的正面模糊不清。那夜，要是路灯熄灭，我们可以借助月光走路。

铁栅栏的小门的锁眼里还插着钥匙，人家忘了带走钥匙。我打开门，走进园里。我在里面用钥匙在锁眼里转了一圈，把我们倒锁在里面，任何人也进不了。我们顿觉凉爽异常，我们仿佛走进一条森林的小径，头顶上树叶十分茂盛，月光几乎透不过去。地上的草很久没有割。我们发现一条木凳，四周铺着小石砾，我们坐下来。我的眼睛已习惯于昏暗，在小公园中间看见一个座台，上面竖立一只抛弃的野兽的骸骨。我心里自忖：究竟是一只母狮，或是一只美洲豹，还是一只普普通通的狗？

"这里真不错。"雅克丽娜对我说。

她的头倚在我的肩膀上。树叶遮住了公园四周的房子。我们不再感觉到炎热。几天来，高温煎熬着伦敦。不过在这个城市里，只要转过街道的拐角，就可以进入一片森林之中。

*

是的，正如莎宛德拉所说的，我真可以就拉赫曼这个人写一部小说。第一天，他开玩笑地对雅克丽娜说的一句话使我感到不安：

“您将用实物偿还我……”

这是她拿到一个里面放着一百英镑的信封时他说的。一天下午，我独自一人在汉普斯提附近散步，因为雅克丽娜想和林达一起上街采购。晚上七点我回到房间，雅克丽娜一人待着，床上放着一个信封，与第一次一样的天蓝色，一样的形状。不过，这次里面放的是三百英镑。雅克丽娜的神态有点拘束，她整个下午在等林达，但林达没有来，拉赫曼却经过这里，他也在等候林达。于是，他给她这个信封，她接受了。而我，那天傍晚心里在想：她用实物偿还了他。

房间里飘浮着一种合成醇的气味。拉赫曼总是随身带这种药瓶。林达告诉我一些他的秘密，我才知道他的一些癖好：他到餐厅吃饭，总是带去他自己的餐具；饭前，他先去巡视厨房，检查是不是干净；他每天洗澡三次，用合成醇擦身；在咖啡馆里，他要喝矿泉水，不要人开，自己亲自开，他用细颈瓶喝，怕嘴唇贴在不干净的杯上。

他供养比自己年轻得多的姑娘，把她们安排在像切普斯陶别墅这样的套房里住下。下午他造访她们。不脱去衣服，不预先做准备，要她们转过身，背对着他。他冷漠机械地做爱，动作很快，就像他刷牙一样。然后，他和她们下一盘棋，他总是在自己的黑色小公文包里带着小棋盘。

*

从此之后，唯有我们俩住在套间里，林达失踪了。夜里，我们再也听不到牙买加乐曲和笑声。我们有点不习惯，因为我们习惯于林达的门下透出来的一丝光线。我试打了好几次电话给迈克尔·莎宛德拉。但是电话铃不停地响，没有一人回答。

我们好像从没有遇到这些人似的，他们消失在自然之中。最后连我们自己也说不清我们为什么待在这个房间里，甚至我们觉得自己是撬锁钻进来的。

早晨，我写了一或两页小说，随后去了丽都。看看彼得·拉赫曼是不是在蛇曲河岸边的沙滩上，坐在和上次一样的那张桌子旁。但没有。我在小窗口问了值班人，他不认识彼得·拉赫曼。我去了瓦尔顿街迈克尔·莎宛德拉的住处，按了半天门铃，也没有人。我走进底层楼的糕点店，店的招牌上写一个叫什么贾斯廷·德·布兰克。为何这个名字还留在我的记忆里呢？这个贾斯廷·德·布兰克也无法给我提供情况，他几乎不认识莎宛德拉，只见过面。对，一个像约瑟夫·科顿的金黄色头发的男人。不过，据他说，那人大概不常来此。

雅克丽娜和我径直走到诺汀希尔街末端的里约咖啡馆。我们问了那个当老板的牙买加人有关埃奇罗兹和林达的消息。他回答说：他也好多天没有他们的消息。他和店里的客人似乎不信任我们。

*

一天早晨，正如往常，我走出房间，手里拿着一沓信纸。这时，我们认出拉赫曼的美洲豹，车子停在切普斯陶别墅和莱德巴里街的拐角处。

他的头从玻璃窗里探出。

“还好吗？老兄。您跟我一起去兜兜风？”

他打开车门，我坐在他的身旁。

“我们不知道你们都躲到哪里去了？”我对他说。

我不敢和他谈起林达。也许他躲在车子里监视她很久了。

“工作太忙……操心劳神……一贯如此，千篇一律……”

他在玳瑁架的眼镜后冷眼瞪着我。

“您呢？过得舒服吗？”

我尴尬地笑了笑，以示回答。

他把车子停在一条小巷里，附近是倒塌的房子，似乎它们受过炮火的轰炸。

“您看到了吗？”他说，“我总是在这样的地方工作……”

他站在人行道上，从手上的黑色公文包里拿出一串钥匙。但他改变了注意，又塞进上衣的口袋里。

“这没有用处……”

他用脚一踢，打开了一个房子的门。门上涂的油漆已成了鳞片剥落下来，只在锁眼留下一个圆孔子。我们走进去，遍地是瓦砾。我被一股怪味呛得喉咙紧塞，它同苏塞克斯公园街旅社的怪味一样，不过更强烈。我感到恶心。拉赫曼在公文包里又找什么东西，随后拿出一个手电筒。他拧亮它，在四周扫照了一下，发现房间深处有一个锈迹斑斑的破炉灶。一架陡直的楼梯通向二楼，木栏杆已烂掉。

“既然您带来纸和笔，”他对我说，“请记一记……”

他察看隔壁房间，也一样破烂不堪。他从黑色公文包里拿出一本小记事本，看了看，随后他口授我记下。

翌日，我继续在纸页的后面写小说，因为正面已作了记录，我一直保存到如今。为什么他口授我记下呢？他可能想让那些记录在某个地方留下一个副本。

在诺汀希尔区，我们车子先停在的地方叫珀维广场，紧接下去是珀维平台和珀维花园。在拉赫曼的口授下，我登记了珀维平台的5、9、10、11、12号，珀维花园的3、4、6、7号和珀维广场的13、45、46、47号。一排带有柱廊的房子是爱德华时代建的——拉赫曼使我明白房子的确切的年代。战后，牙买加人占据着这些房子。而拉赫曼在它们要被拆除时，成批地买了下来。现在没有人住在里面，他动起心思，想要改造它们。

他又找到在牙买加人之前的住户名字。譬如：我登记一个名叫刘易斯·琼斯的住在珀维花园5号；达吉恩小姐住在6号；珀维广场13号是查尔斯·爱德华·博登；46号是阿瑟·菲利普·科恩；47号玛丽·莫托小姐……也许拉赫曼在二十年后需要他们签署某份文件，不过，他不相信会有这么一日，我问他现在这些人在哪里，他对我说：大部分人大概已在猛烈的空袭中遇难。

我们的车子穿过百瓦特区，走近帕町顿车站。这一次，我们停在欧尔塞特平台。那里，铁路两旁的柱廊房屋比前面的更高。大门还挂着铁锁。拉赫曼不得不用他那串钥匙开门。没有遍地的瓦砾，没有发霉的墙纸，里面也没有腐朽的楼梯。房间里没有留下人住的痕迹，似乎这些房子是为了拍一场电影而搭建的背景，后来忘记了拆除。

“这是往日的旅游客栈。”拉赫曼对我说。

是哪些游客？我想象：夜间，当火车鸣笛时，成群的黑影走出帕町顿火车站。

走到欧尔塞特平台的尽头，我惊奇地看见一座坍塌的教堂，正在拆除，大殿已经露出残墙断壁。

“那个教堂也一样，我要买下来。”拉赫曼说。

我们的车子越过霍兰公园，来到哈默斯米思。我从来没有走过这么远；拉赫曼把车子停在塔尔咖兹公路边一排遗弃的房子前，它们外表像乡间的农舍或海滨的小别墅。我们登上其中一幢房子的二楼，凸肚窗的玻璃已打碎，听得见外面车辆的嘈杂声。在房间的角落，我看见一张行军床，床上放着一件睡衣，一件用玻璃纸包装的衣服，就像从洗染店拿出似的。拉赫曼无意撞见我的目光：

“我有时到这里睡午觉。”他对我说。

“外面车辆的嘈杂声不影响您的休息吗？”

他耸了耸肩，然后拿起玻璃纸包的衣服。我们下了楼梯，他在我的前头，右臂弯夹着衣服，左手拿着黑公文包，活像一个刚从家里走出的推销员要去外省出差一样。他小心翼翼地把衣服放在车的后座，然后坐在方向盘前。我们调转车头，朝肯辛顿花园街驶去。

“我睡在一些不很舒适的地方……”

他冷冷地瞪着我。

“那时我像您这个年龄……”

我们沿着霍兰公园大街，不久就要来到咖啡馆前，我通常这时在那里写小说。

“战争结束，我从一个集中营里逃出来……我睡在一座大楼的地窖里……里面到处都是老鼠……我心里想：要是我睡着了，它们会来把我吃掉……”

他尖笑一声。

“我觉得自己也像其他人一样成了一只老鼠……况且，已经有四年时间，人家老对我说：我是一只老鼠……”

我们从咖啡馆前驶过。对，我可以把拉赫曼写进小说。我的两位主角在北站附近碰见拉赫曼。

“您在英国出生吗？”我问他。

“不是。在波兰的利沃夫。”

他生硬地回答。我明白我再也不会知道更多了。

现在我们沿着海德公园，朝马布尔拱门驶去。

“我在试着写一本书，”为了接上话头，我羞涩地对他说。

“一本书？”

既然他出生在战前波兰的利沃夫，二战劫后余生；现在我把他安排在小说里，活动在北站的周围，这恰是一个偶然遇到的传奇人物。

他的车子在玛丽勒本火车站前减慢了速度。我想我们也许还要巡视火车路旁的旧房屋。然而，车子穿过一条狭窄的街道，来到摄政王公园。

“终于到了一个富人区。”

他尖笑一声，像马嘶一样。

他叫我记下这些地址：在罗内·克楼兹角落的公园路125、127、129号，三幢带有凸肚窗的浅蓝色的房子，最后一幢已一半坍塌。

他查看一下钥匙串上的标记，打开中间那幢房子的门。我们又到了二楼，走进一间比塔尔咖兹路那间更宽敞的房子里，窗户玻璃没有受到损害。

在房间的深处，也有同样的行军床。他坐在上面，把黑公文包放在身边。随后，他用白手帕擦额头。

有些地方的墙纸被撕破，缺少地板板条。

“您可以从窗口望出去，”他对我说，“这值得一看。”

的确，我看到了摄政王公园的草地，周围建筑物的正面，墙身白色的灰幔和草地的绿色使我顿感平静和安宁。

“现在，我给您看别的东西……”

他站起来，我们沿着一条走廊前进，那里天花板上吊着电线。我们走进房屋后的一间小室里。房屋的窗口朝向玛丽勒本火车站的铁路。

“两边挺迷人的。”拉赫曼对我说，“是吗？老兄。”

接着，我们又回到靠摄政王公园这边的房子里。

他又坐在行军床上，打开黑公文包，拿出两个用锡纸包的三明治，给了我一个。我坐在地板上，面对着他。

“我想让这间房子保留这状态，最终我搬到这里住……”

他咬了一口三明治。我想起玻璃纸包的衣服。现在他穿在身上的衣服已弄皱了，还掉了一个纽扣，皮鞋还沾着泥巴。虽然他这个人这么怪僻，这么害怕肮脏，这么顽强地与细菌斗争，但是有些日子，却会使人感到他似乎半途而废，渐渐变成流浪汉。

他吃完了三明治，躺在行军床上。他伸长手臂，在地上的黑公文包里摸什么东西，他掏出那串钥匙，取下一把。

“喏！……您拿着……一个小时后叫醒我。您可以去摄政王公园里溜达溜达。”

他转过身，面对着墙壁，长吁一声。

“我劝您参观一下动物园，就在附近。”

我在窗前的阳光下一动也不动地站立了一会儿，接着听见他睡着了。

*

一天夜里，雅克丽娜和我回到切普斯陶别墅。这时，林达的门下又透出一丝光线。里面又演奏着牙买加乐曲，一直到很迟，印度大麻的烟味弥漫整个套间，就像我们刚住进这里的那些日子一样。

彼得·拉赫曼在多尔芬广场附近的单身公寓里举行晚会，林达拉我们去参加。泰晤士河岸上，多尔芬广场四周有一大片楼房。我们又碰见迈克尔·莎宛德拉，他曾离开伦敦去巴黎找制片人。皮埃尔·鲁斯堂读过这部电影剧本，对它感兴趣。皮埃尔·鲁斯堂，这个未曾谋面的名字至今仍飘留在我的记忆里，名字的音节给人留下的印象，如同人们二十岁时听到的所有名字一样，一听就能记下。

三教九流的人参加拉赫曼的晚会。几个月之后，一阵凉风将带着新的流行歌曲和花花绿绿的奇装怪服，侵入伦敦。那几夜，在多尔芬广场，我好像觉得和我交错而过的一些人将成为这座城市的明星，他们将一下子给城市带来青春。

我早晨不再写作，改在子夜后写。我并不想利用寂静和安宁，只是想推迟工作的时间，每次我都能成功地战胜惰性。我选择这一时间还有另一个原因：我害怕我们刚来伦敦那些日子常感到的不安又卷土重来。

雅克丽娜肯定也一样感觉到不安，不过她需要周围有人、有声音。

子夜，她和林达离开套房。

她们去参加拉赫曼的晚会或到诺汀希尔偏僻的地方。在拉赫曼家里我们认识了许多人，他们邀请我们。首次在伦敦——莎宛德拉说——人们不再感到在外省，空气中似乎有电流。

我记得我们最后几次散步，我陪她到多尔芬广场拉赫曼家里，我不愿意上楼，不愿意混杂在这些宾客之中。但想到独自一人回到房间，又有点害怕。我还得在白纸上码字词，没有别的选择。

那几天晚上，我们要出租车司机停在维多利亚火车站前，从那里我们穿过品里廓几条街道，步行到泰晤士河。那是七月，天气炎热难熬。但每次我们走过一个小公园的栅栏，一阵微风夹着女贞树和椴树的花香向我们吹来。

我在大门和她分手。在月光下多尔芬广场一带的楼群显出清晰的轮廓。人行道上投下树影，树叶静止不动，没有一丝风。泰晤士河岸边，码头的另一端，驳船上有一家酒家，高高的招牌闪闪发光。迎宾生站在浮桥上的入口，但从表面上看没有一人走进酒家。我看着这位迎宾生，他的制服里似乎凝固着一个纹丝不动的木偶。这时节，车子不再经过码头。我终于到达宁静但悲怆的仲夏。

我回到切普斯陶别墅，躺在床上写作，然后，我熄了灯，在黑暗中等候着她。

她总是一人在清早三点回来，近来，林达又失踪了。

她轻轻地打开门，我假装睡觉。

随后，过了一些日子，我熬夜到黎明。我再也听不见她在楼梯口的脚步声。

*

昨天，一九九四年十月一日星期六，我乘坐地铁从意大利广场回家。我是去一个商店——好像这个商店的东西比较齐全——找电影录像带。很久以来我没有来过意大利广场，它变化真大，周围建起许多摩天大厦。

在地铁车厢里，我站在门边，一位女人坐在里面座位上，在我的左边。我注视着她，她戴着太阳镜，下巴系着一条方围巾，穿着一件本色的旧雨衣。我认出她是雅克丽娜。架空铁道沿着奥古斯特-布朗基林荫大道的上空向前伸展。在日光的映照下，我好像觉得她的脸庞清瘦了许多，我认出她的嘴巴和鼻子的轮廓。正是她！我越来越肯定。

她不看我，眼睛藏在太阳镜后。

她在克尔维萨车站下了车，我在月台上跟踪她。她左手提着一个草编的提包，步履疲惫，摇摇晃晃，不再像过去那样矫健。我不知道何因。最近，我常梦见她：她在地中海的一个小渔港上，坐在地上，在阳光下无休止地打毛线，在她的身旁，放着一个茶托，过路人扔进零钱。

她穿过奥古斯特-布朗基林荫大道，走进克尔维萨街。我沿着街的下坡尾随着她，她走进一家杂货铺。她出店时，我才从她的步态猜测她手提的草编提包很沉。

在公园前的小广场上，一家咖啡馆招牌上写着“小米斯卡代”。我从玻璃窗望进，她站在吧台前，草提包放在脚边。我不想上前搭话，也不想再尾随下去，我不想了解她的地址。这么多年后，我怕她再也记不起我来。

今天，秋天的第一个周日，我乘地铁的同一路列车，它凌空触到圣雅克林荫大道的树梢上，树叶探向着铁轨。于是，我顿觉身处于天地之间，脱离了尘世的生活，没有任何东西把我连接。克尔维萨车站的彩画大玻璃窗，使人觉得像在外省的火车站。过一会儿，我将从这个车站的出口出去，似乎从时间的缺口溜出，最后消失得无踪无影。我沿着街道的坡道走下，我可能有机会碰见她，她大概住在这个区的某个地方。

十五年前，我现在回想起来：当时我有同样的体验，那也是八月的一个下午，我去布洛涅-彼昂库尔市政厅找一份出生证。我穿过奥特伊门，沿着赛马场和森林旁的大街步行回来。我临时住在特罗卡德洛花园后，靠码头的一家旅馆。我还不知道我最终是留在巴黎或是去布宜诺斯艾利斯，一边继续写那本有关“葡萄牙语诗人和小说家”的书，一边查访阿根廷诗人赫克托·佩德罗·布隆伯格，他的一些诗句令我惊讶不止：

昨晚施奈德被杀害

在一家叫巴拉圭的小酒店里

他的眼睛湛蓝、脸色苍白……

一个艳阳天的傍晚，我坐在一个小公园的凳子上，随后去缪埃特门。这个区无意中勾起我的童年的回忆：我在圣日耳曼-德-普莱乘63路公共汽车，车子也停在缪埃特门，我在布洛涅林园里度过一整天，约在傍晚六点等候这部车。有时，我竭力去追忆较近的事，但白费心机，它们属于以前的生活，我不敢完全肯定我曾经经历过。

我从口袋里拿出出生证，我出生在一九四五年夏天：一天下午，约莫五点时分，我父亲来市政厅在户籍上签名，一种难以辨认的签名。然而，他步行回去，走在夏日荒凉的街道上，在一片寂静中听见自行车发出清脆的铃声。和今天一样的季节，一样的艳阳天的傍晚。

我把出生证放在口袋里。沉浸在一种梦幻之中，我早该从中苏醒过来。我与现在的连线越拉越细。着实遗憾的是我坐在这张凳子上几乎沉浸在一种健忘之中，渐渐失去身份，无法给行人指出自己的住所……幸好我口袋里有这张出生证，就像迷失在巴黎的狗脖链上挂着主人的地址和电话号码……我努力想弄明白我所感到的飘浮。几周来，我没有见过任何人。我打去电话的人度假没有回来。我选择一家离市中心远的旅馆看来是错了。夏初，我只准备住很短的时间，只想租一个小套间或单间公寓。我心里泛起怀疑：难道我真的希望待在巴黎吗？只要还是夏天，我就有一种幻觉：我只是一个游客。但到了秋初，街道、人群、事物又恢复往常的颜色：灰色。我心里在想：我还有没有勇气融化在那种颜色之中？

我大概到达了生命一个阶段的终端。每个阶段长十五年。现在，我在通过一个休止期，然后脱胎换骨。我努力回想起好几个十五年之前的事，也是那个时期，某种东西到达终期。我离开双亲。父亲在咖啡馆的后厅里，或在旅馆的大厅里，或在火车站的餐厅里与我约会。他似乎选择那些人来人往的热闹的地方，要把我甩掉，然后他带他的秘密溜掉。我们都一言不发，面对着面，他不时斜视我一眼。母亲和我讲话，她的嗓门越来越大，我从她那急切地上下扇动的嘴唇，就可以猜出她在说什么，因为我们之间隔着一层玻璃，它压低了她的声音。

随后，以后的几个十五年：只剩下几张认不出的模糊的面孔，几段模糊的回忆，几处烟灰……我并不感到悲伤，相反有一种宽慰。我将从零开始。在这些绵绵的、阴郁的岁月里，唯一还清晰显现在记忆之中的日子，是我认识雅克丽娜和樊·贝维的那些日日夜夜。为什么是这段岁月，而不是其他呢？可能因为它仍然悬而未决。

现在，我坐的凳子处在林荫下，我穿过小草地，坐在太阳下。我心里顿觉一阵轻松，再也没有什么事要向人汇报，不必请求原谅，也没有谎话要结结巴巴地说。我将变成另外一个人，面目全非，使我在这些以十五年为一期的各个阶段中所碰见的人再也认不出我来。

我听见身后一阵马达声，有人把车停在小公园和大街的拐角处。马达熄下，喀嚓一声关上车门。一位妇女沿着公园的栅栏外走，她穿着黄色的夏裙，戴着太阳镜，栗色的头发，我认不出她的面孔。不过，我马上认出她的步态，一种懒洋洋的步态。她的步伐越来越慢，就像在十字路口犹豫不决似的，随后，她好像找到自己的路。她是雅克丽娜。

我离开小公园，尾随着她，但不敢追上她。她也许记不起我来，她的头发剪得比十五年前更短，这种步态不会是别人，是雅克丽娜。

她走进一幢楼房里。已经太迟了，我来不及上前和她搭话。不过，我究竟要对她说什么呢？这条大街离图纳尔码头和但丁咖啡馆那么远……

我走到楼房前，记下号码，这难道是她的住家吗？或许她去看朋友？我最后又在自忖：能否根据人的步态，从背后认出一个人来？我朝公园转过身来。她的车停在那里，我想在车的风窗上留个字条，写下我旅馆的电话号码。

在纽约大街的停车场上，我昨天租的车子还停在那里。我在房间里突然心血来潮，想租个车子：八月的巴黎，我似乎觉得这个区空荡荡的，步行、坐地铁都那么孤单，假若能有一辆轿车就来劲了，可以随时随地离开巴黎。在这些以十五年为一期的各个阶段里，我觉得我成了其他人和自己的囚犯。我的一切梦都一模一样：梦见逃跑，梦见坐着火车出发，不幸的是我总是错过火车，从来没有到达火车站，我迷失在地铁的通道上；而我在车站的月台上时。地铁列车从来没有到达。我也梦见：我走出住处，坐在一辆大型的美国轿车里，车子沿着僻静的街道，朝着森林滑行。我没有听见马达的声音，心里顿生一种轻飘飘的、惬意的感觉。

停车场值班人拿给我点火开关钥匙。我倒车时，差点儿撞到一个油泵，我看见值班人露出惊讶的脸色。我害怕无法在红灯前停住。在我的梦中也有这样的场面：刹把松开，我不顾红灯直闯过去，朝着禁止的方向驶去。

我成功地把车子停在旅馆前，向值班人借了电话簿。查那条大街的门牌号码，没有一个叫雅克丽娜。十五年以来，她大概已经结婚了，但她是谁的妻子呢？

德洛姆（P.）
丹蒂亚克
托纳（E. 塞西尔）
拉科斯特（勒内）
瓦尔特（让）
桑切斯-西雷
维达尔

我只需打电话给姓这些姓的每个人。

我在电话间里拨了第一个电话号码。电话铃响了很久，随后，有人摘下电话筒，一个男人的声音：

“喂……您好！”

“我可以和雅克丽娜说话吗？”

“先生，您打错了？”

我又挂上话筒，再也没有勇气拨其他号码。

我等候夜幕的降落，准备离开旅馆。我坐在方向盘前，发动了车子。我非常熟悉巴黎，要是步行，我可以抄最近的路到缪埃特门。我驾这车子盲目地行驶，很久没有开过车子，不晓得哪几条街道是单向行驶，我决定径直往前开去。

我绕过一大弯，穿过帕西码头和凡尔赛大街。随后，驶进僻静的缪拉林荫大道。我本想不顾红灯往前开，但在遵守红绿灯规则时，我心里感到一种快意。我缓缓地开着车，漫不经心的样子，就像一些人在夏天的傍晚开着车子，沿着海边散步。交通灯仿佛专门为我亮着，发出神秘和友好的信号。

大街的对侧，楼房的大门前，森林的头几棵树下，路灯留下一片昏暗，我的车子停在这里。黑色的铁门框，两扇玻璃门被照得锃亮。楼上的窗子也一样，窗户大开着。在一个阳台上，我看到几个人影，听见音乐和悄悄的说话声。楼下，一辆辆车子停下来，我相信有人从车子里出来，他们走进大门，登上楼去。这时候，有人从阳台探下身，问两个正准备进门的客人。女人的声音。她给两个客人指明楼层，但那不是雅克丽娜的声音，或至少我听不出这声音。我决定不再待在那里监视，决定上楼。如果是雅克丽娜接待，她看到一个十五年杳无音讯的人突然闯进她家，我不知道她将持什么态度。我们那时相处的时间太短：三四个月，无法和十五年相比。但她肯定不会忘记这段时间……除非她现在的生命要刷去它，就像放映机射出强烈的光芒，在黑色的背景上抛弃一切不在它照射范围里的东西。

我等待另一批客人的到来，这一次是三个人，其中一人伸长胳膊向阳台上打招呼。在他们走进大楼时，我也跟着进去。他们两男一女，我主动上前打招呼，他们一点也不生疑，以为我也是被上面邀请的。

我们坐上电梯，两个男人说话有外国腔调，但女的是法国人，他们年龄都比我稍大。

我努力作着笑脸，对女的说：

“真热情！上面……”

她也莞尔一笑。

“您是达吕斯的朋友吗？”她问我。

“不，我是雅克丽娜的朋友。”

她似乎听不明白。

“我很久没有见过雅克丽娜。”我说，“她好吗？”

女的皱了皱眉头：

“我不认识她。”

随后她用英语和另外两个男人交谈几句。电梯停下来。

其中一位男人敲了敲门，我的手心潮湿。门开了，我听见屋里的喧哗声和乐曲声。一位男人向我们笑了笑，他的棕色头发往后梳，脸色无光泽，穿着一件本色的布西服。

女的和他行了贴面礼。

“你好！达吕斯。”

“你好！夫人。”

他的声音低沉，略带外国腔。两个男的对他说：“你好！达吕斯。”我握了握他的手，没有说什么，但他对我的来临一点也不感到意外。

他走在我们前面，穿过前厅，来到一个玻璃窗敞开的厅里，一小群宾客站着。达吕斯和三个与我同上电梯的客人走到阳台上。我紧跟着他们。他们在阳台上被一对夫妇缠住，开始热烈地交谈。

我溜走了，他们忘记了我。我跑到客厅的深处，坐在一条长沙发的一端，另一端坐着两个年轻人。他们挤在一起，低声说话。没有人注意我，我努力在这些宾客中找雅克丽娜。共有二十多人。我仔细观察这个名叫达吕斯的男人。他在那边，阳台的门槛上，本色的西服裹着修长的身材，我估计他有四十岁左右。这个达吕斯也许就是雅克丽娜的丈夫？阳台传来的音乐声似乎压下了说话的嘈杂声。

我审视了一个个女宾，但白费力气，没有找到雅克丽娜。我也许弄错了楼层，甚至我怀疑她是否住在这幢大楼里。现在，达吕斯站在客厅中间，就离我几米，旁边站着一个华丽的金发女郎，静静地听着他说话。她不时发出

“咯咯”的笑声。我全神贯注地听他说的是什么语言，但音乐声盖过他的声音。为什么不走近这个男人呢？问他雅克丽娜在哪里。也许他会以低沉的声调、有礼貌地给我揭开秘密，并弄清几个问题：他认识雅克丽娜吗？她是他的妻子吗？她究竟住在哪一层楼？他就在我的对面，上前问他，这是很简单的事。现在他在听那位金发女郎说话。他的目光偶尔望了我一下。起先，我以为他没有注意我，后来，他用手友好地向我示意一下。我独自坐在沙发上，没有与人交谈，他大概感到奇怪。然而，我这样比刚才进门时更觉得舒服。十五年前的一个回忆蓦地涌现在脑海中：一天黄昏五点左右，雅克丽娜和我，我们经莎凌克洛斯火车站到达伦敦，坐着一辆出租车到一个旅馆。它是我们在一本导游指南中随意选择的。我们不熟悉伦敦，也不认识任何人。出租车驶进马尔街，前面出现一条林荫大道。我生命的头二十个春秋像一枚秤砣、一双手铐，或一副马具一样掉入尘埃，在此之前，我从未想过摆脱掉它。好了，这些岁月再也不剩下任何东西，如果说幸福是我那晚感到的短暂陶醉的话，那么平生第一次，我是幸福的。

过一会儿，天黑了，我们盲目地在埃尼斯莫尔花园那边散步，沿着一个荒弃的花园的栅栏外走。楼房的顶楼传来了笑声、乐曲和说话的嘈杂声。窗户敞开着，在光线下可见一群宾客的身影。我们站在那里，靠着栅栏。坐在阳台边缘的一位客人看见我们，招呼我们上去。在大城市里，夏天，曾经很久没有见面的人，或互不认识的人，一天晚上相聚在平台，然后又分手不见面，任何东西都无关紧要。

达吕斯走近我身旁：

“您丢了您的朋友？”他笑着对我说。

我愣了一下，才明白他指的是谁：三位同乘电梯的朋友。

“其实他们不是我的朋友。”

然而，我马上后悔说漏了嘴，不愿意他对我的在场感到怀疑。

“我很久没有见到他们。”我赶忙改口，“他们挺够朋友，要我一起来您家。”

他又笑了笑：

“我的朋友的朋友是我的朋友。”

不过，我使他感到尴尬，因为他不知道我是谁。为了使他不尴尬，我用最温和的声音对他说：

“您常组织这么舒心的晚会吗？”

“是的，在八月，总是在我太太不在时。”

大部分宾客都离开大厅，阳台上如何能站这么多人呢？

“我太太不在家，我感到太孤单……”

他的目光流露出忧郁的表情，但总是对我笑着。这正是向他打听他太太是不是叫雅克丽娜的时候，但我不敢贸然问他。

“那您呢，您住在巴黎吗？”

他大概出自礼貌问我这个问题。他毕竟在家里接纳了我，因此不愿意我一人待在沙发上，要我和宾客一起聊天。

“是的，不过我不知道我还会不会住下去……”

我突然想向他吐露隐情，已有三个月左右我没有对任何人说过话了。

“我只要有支笔、有张纸，就可以在任何地方工作……”

“您是作家吗？”

“如果可以把这职业称作作家的话……”

他要我告诉他我写过的书名，也许他读过一两本。

“我不信您读过。”我对他说。

“写作大概很有趣，是吗？”

他也许不习惯与人单独交谈一些重要的问题。

“我拖住您了，”我对他说，“让其他宾客都跑了。”

的确，厅里和阳台上几乎没有人。

他轻快地笑了笑：

“没有这回事……他们都上了平台……”

几个宾客还留在厅里，坐在另一边的沙发上，一条跟我与达吕斯坐的沙发一模一样的沙发。

“认识您，我非常高兴。”他对我说。

随后他走向另一些宾客，其中有刚才与他谈话的金发女郎和与我同坐电梯的那位穿运动衣的男子。

“你们不觉得这里缺乏音乐？”他对他们大声说，他的作用似乎只充当一个引人快乐的角色，“我放上一张唱片。”

他消失在隔壁房间里，过了一会儿，传来一个女歌唱家的歌声。

他和其他人坐在沙发上，把我忘掉了。

该是我溜走的时候。但是，我听见平台上传来的喧闹声和欢笑声，以及那边沙发上达吕斯和宾客大声的说话声，我禁不住想留下听听。音乐盖住他们的说话，听不清楚说些什么。

有人敲门，达吕斯站起来，走到门口，经过我跟前朝我笑了笑。其他人继续在谈论，争得热火朝天，那位穿运动服的男子比划着手势，好像要说服他们什么。

前厅传来声音，渐渐大了。达吕斯的声音和一个语调低沉的女子的声音。我转过身看，达吕斯陪着一对夫妇，三个人站在大厅的门槛上。男的是一位高个头的棕发男子，穿着灰色西服，脸部臃肿，蓝眼睛凸出；女的穿着黄色的夏裙，露出双肩。

“我们来得太迟了。”男的说，“大家都走了……”

他的声音里略带有腔调。

“还没有走，”达吕斯说，“他们在上面等我们。”

他挽着他们俩的胳膊。

我只见这位女宾的侧面，她转过身来，我的心“噗通”一跳，我认出她就是雅克丽娜。他们朝我走来，我就像木头人一样自动地站起来。

达吕斯把他们介绍给我：

“乔治和黛蕾丝·盖斯雷。”

我向他们点头致意，我直视着那位叫黛蕾丝·盖斯雷的女人。但她见到我没有皱眉头，从表面上看，她好像不认识我。达吕斯想介绍我时叫不出我名字，感到有点尴尬。

“他们是我楼下的邻居。”他对我说，“他们的到来，我非常高兴……楼上的声音这么吵，他们无论如何也睡不着。”

盖斯雷耸了耸肩。

“睡觉？……还早呢！”他说，“白昼刚刚开始。”

我的目光努力在寻找她的目光，试图与它相遇。但它是茫然的，她不看我，或者她毫不犹豫地假装不知道我在场。达吕斯带他们到大厅的另一头，到一些宾客坐的沙发那边。那位穿运动衣的男子站起来，向黛蕾丝·盖斯雷问好，争论又开始了，盖斯雷很健谈。她稍稍退在后面，好像有点不高兴，或不耐烦。我想走到她跟前，拉她到一旁，低声对她说：

“您好！雅克丽娜。”

但我愣在那里，心里在寻找一条阿里阿德涅之线，能把十五年前的但丁咖啡馆或图纳尔旅馆，跟现在这个玻璃窗朝布洛涅森林敞开的客厅连起来。但找不到任何线索。我成了海市蜃楼的受害者。然而，要是认真思索一下，这些地方都在同一个城市，相隔不远。我努力想象去但丁咖啡馆的最近路线：经环城路到达南岸，再从奥尔良门直驶到圣米歇尔林荫大道……八月这时光，不用一刻钟就到。

那位穿运动衣的男子和她说话，她漫不经心地听着，坐在沙发上，点了支烟。我看她的侧影，她的头发变成了什么样子？十五年之前，长头发一直披散到腰部，现在她剪短了头发，留到肩窝上。她抽烟，但不再咳嗽。

“您和我们一起上去吗？”达吕斯问我。

他让其他宾客留在沙发上，陪着乔治和黛蕾丝·盖斯雷夫妇。黛蕾丝，为什么她改了名字？

在阳台上，他们走在我的前面。

“要爬舷梯上去。”达吕斯说。

他指给我们看阳台末端有一道水泥楼梯。

“船长，我们要朝哪里开航？”盖斯雷亲热地拍了拍达吕斯的肩膀。

黛蕾丝·盖斯雷和我在他们的后面，并排着走，她朝我笑了笑。但这是一种对陌生人的礼节性微笑。

“您已登上去过吗？”她问我。

“没有，还没有，这是第一次。”

“从上面看四面的景色真是妙极了！”

我不知道她是不是对我说，因为她用一种无人称、冷淡的语气说。

一个大平台。大多数宾客坐在本色的帆布椅上。宾客三五成群，围拢在一起聊天。达吕斯走过去，停在一群宾客前。我走在盖斯雷和他太太后面。她好像忘记我的在场。他们在平台边缘碰见一对夫妇，四个人开始聊起来。

她和盖斯雷站着，背倚在栏杆上。盖斯雷和其他两人用英语交谈，她不时用法语打断他们的谈话。我也倚在平台的栏杆上，她正好站在我的身后。其他三人用英语继续交谈。女歌唱家的声音盖住了嘈杂声。我开始用口哨吹出歌曲的迭句，她转过头来。

“对不起。”我对她说。

“别客气。”

她朝我笑了笑，但还是刚才那种茫然的微笑，一声不吭。我不得不又补充一句：

“夜真美……”

盖斯雷和另外两人正谈得带劲，他的声音有点鼻音。

“这里真惬意！”我对她说，“这是布洛涅森林带来的清爽……”

“是啊！”

她拿出烟盒，抽出一支，然后把烟盒递给我。

“谢谢！我不抽烟。”

“您不抽好……”

她用打火机点了烟。

“我想戒掉好几次，”她对我说，“但我做不到……”

“您现在不咳嗽了吗？”

她好像对我的问题有点意外。

“我戒了烟。”我对她说，“因为我抽了咳嗽。”

她没有反应，装得真不认识我的样子。

“真遗憾，这里听得见环城路上的声音。”我说。

“您听到了吗？我家里却听不见……我住在四楼。”

“环城路也有它的好处。”我对她说，“刚才我从图纳尔码头来这里只用了十分钟。”

最后这句话仍使她无动于衷，她总是对我微笑着，一种冷漠的微笑。

“您是达吕斯的朋友吗？”

这个问题和坐电梯时那位女人问的一样。

“不是。”我答道，“我是达吕斯的一个女友的朋友……雅克丽娜。”

我避免遇上她的目光，注视着地面树下的一盏路灯。

“我不认识她。”

“夏天您待在巴黎吗？”我问她。

“下周我和我丈夫去马略卡。”

我回想起我们第一次会面，那是冬天的一个下午，在圣米歇尔广场上，她带着一封信，我读到信封上的地址：马略卡。

“您丈夫不也写侦探小说吗？”

她咯咯地笑了，这太奇怪，雅克丽娜从来没有这般笑过。

“为什么您要他写侦探小说？”

十五年前，她给我说了一个写侦探小说、可以帮我们去马略卡的美国人名叫麦克吉文。后来，我找到了他写的几本小说，我甚至想去找他的踪迹，碰碰运气，问他认识不认识雅克丽娜，知道不知道她在干什么。

“我把他和另外一个住在西班牙的人混淆起来：威廉·麦克吉文……”

她第一次直视着我的眼睛，从她的微笑，我认出一种默契。

“那您呢？”她问我，“您住在巴黎吗？”

“目前，我待在巴黎。但我不知道我还待不待下去……”

我们身后，盖斯雷继续用鼻音说话，现在他在一堆较多的人群中。

“我的职业是到处都可以待。”我对她说，“我写书。”

她文雅地笑了笑，仍用冷淡的语气说：

“哦？……这是个有趣的职业……我真想拜读一下您的大作……”

“我怕您会感到厌烦……”

“不……您下次来达吕斯家时给我带几本来。”

“好的。”

盖斯雷注视了我一下，他大概心里在问我是谁，我为什么和他太太交谈。他来到她身旁，用胳膊搭在她的肩膀上，凸出的蓝眼睛直视着我。

“这位先生是达吕斯的朋友，他写书。”

我理应自我介绍，但我每次说出自己的名字总感到不舒服。

“我还不知道达吕斯有作家朋友。”

他朝我笑了笑，他比我们大十来岁。她在哪里遇到他呢？可能在伦敦。是的，我们分手后她显然还待在伦敦。

“他以为你也在写作。”她说。盖斯雷捧腹大笑，随后又恢复刚才的姿态：挺直腰板，摆正脑袋。

“是真的吗？您也相信？您觉得我长个作家的脑袋吗？”

我心里并不生疑，毫不在乎这个盖斯雷干什么职业。尽管我心里在说他是她的丈夫，但他与平台上的其他宾客没有两样。她和我，我们迷失在一个摄影台上的角色堆中，她装着知道演自己的角色；而我呢，我又做不到欺骗人。不久，他们将发觉我是个闯入者。盖斯雷凝视着我，但无论如何我得找句话搪塞他：

“我把您和一个住在西班牙的美国作家混淆起来……

他叫威廉·麦克吉文。”

终于我赢得一点时间。但还不够，我得马上找另一句话接上，要自然、从容地说出，以免引起注意。我的头晕了，害怕出现不适，出了一身汗，好像是夜使我气闷，要不就是投射灯强烈的光线、说话的嘈杂声和嬉笑声。

“您去过西班牙吗？”盖斯雷问我。

她点上另一支烟，总是用冷漠的目光瞅着我。我难受地说：

“不，没有去过。”

“我们在马略卡有一幢房子，每年我们在那里过三个多月。”

在平台上，聊天可能还要继续几个小时，空洞之词，汗漫之言，海阔天空。她和我，我们似乎是残存者，一点也无法谈及过去。她很舒畅地扮演这个角色，而我并不埋怨她：因为我自己也一样渐渐地忘记我的一生。每次我的一生的整个过去掉进尘埃里时，心里就感到一种舒适的快意。

“每年您喜欢什么时候待在马略卡？”我问盖斯雷。

现在，我觉得好多了，空气比较清新，我们周围的宾客说话声降低了，女歌唱家的歌声柔和甘甜。

盖斯雷耸了耸肩。

“在马略卡，每个季节都有它的魅力。”

我转过头对她说：

“您呢？您也是这么想吗？”

她还是保持刚才那种笑容，不过我感觉出一种默契。

“我的想法和我丈夫想的一模一样。”

这时，我一阵晕厥，对她说：

“奇怪，您抽烟时再也不咳嗽了。”

盖斯雷没有听见我这句话，有人拍了他的肩膀，他转过身，她皱了皱眉头。

“再也不需要乙醚来镇咳吗……”

我用一种上流人说话的口气说了这句话。她惊讶地望了我一眼，但她没有失去冷静。盖斯雷和旁人在交谈。

“我不明白您所说的话。”

现在，她的目光没有露出任何表情，躲开我的目光。我猛烈地摇晃着头，好像一个惊醒过来的人。

“对不起……我在想我正在写的书……”

“那是一本侦探小说吗？”她彬彬有礼却心不在焉地问我。

“不全是。”

这谈话没有起作用，表面还是平静。如潭里死水。更确切说，一层厚厚的浮冰，十五年后无法冲破。

“回去吗？”盖斯雷说。

他的手抱住她的肩膀。他的身体粗壮，在他身旁她显得娇小玲珑。

“我也要回去。”我说。

“应该和达吕斯告辞一下。”

我们在平台人群中找他，但没有找到。随后，我们下去，到了大厅，在深处，四个人坐在一张桌子旁，静静地玩牌，达吕斯也在里面。

“显然，”盖斯雷说，“扑克比一切都好玩……”

他握着达吕斯的手，达吕斯站起来，吻了一下她的手，我也握了一下达吕斯的手。

“您有空就来。”他对我说，“我家的门朝您开着。”

在楼梯口，我准备坐电梯。

“我们就在这里与您告别了。”盖斯雷说，“我们就住在下面。”

“下午，我的手提包忘在车上。”她对他说，“我下去马上就回来。”

“那好，再见！”盖斯雷懒洋洋地挥了一下手对我说，“很高兴认识您。”

他走下楼梯，我听见嘭的一声关上门。我们俩走进电梯里，她抬起头对我说：

“我的车子停在小公园附近，离这里还有点远……”

“我知道。”我说。

她睁大眼睛，注视着我。

“为什么？您监视我？”

“今天下午我偶然见您从车子里走出。”

电梯停下，两扇门自动滑开，但她不动，双眼轻轻地眨了眨，总是望着我。

“你没有什么变化。”她对我说。

两扇门哐的一声发出机械声音，又把我们关上。她低下头，仿佛想躲开电梯室灯泡射下的光线。

“而我，你觉得我变了吗？”

她的声音不再是刚才在平台上的那种声音，而现在这种声音像过去那样有点低沉，有点沙哑。

“没有……除了头发和名字……”

大街上静悄悄的，树叶沙沙响。

“你熟悉这个区吗？”她问我。

“熟悉。”

我不再很肯定。现在她走在我身旁，我觉得我好像第一次来到这条大街，不过，我没有在做梦。我的车子总停在那边树底下，我手指着它：

“我租了这辆车……我刚刚学会开车……”

“我不感到奇怪……”

她挽着我的胳膊，停下来，对我笑了笑：

“你大概会把刹把和加速杆混淆起来，我多了解你……”

我也一样，觉得十分了解她，即使我有十五年没有见到她，不知道她的音信。直到现在我遇到的所有人中，她留在我脑里的印象最深。我们往前走，她的胳膊抱住我的腰，走到后来我竟相信我们好像是昨天才分手的。

我们来到小公园。

“我想，我还是用车子带你回家，这样比较放心。”

“我很愿意，但你丈夫在等你。”

我这句话刚说出口，心里好像觉得这话有点假惺惺的。

“不碍事……他大概已睡着了。”

在车上，我们并排坐下。

“你住在哪里？”

“不远，在帕西码头那边的一家旅馆。”

她抄着絮歇林荫大道，朝马约门方向开去。完全不是从回旅馆的近路走。

“如果我们每隔十五年见一次面。”她对我说，“下次，你可能再也认不出我来。”

那时候，我们多大年纪呢？五十岁。我似乎觉得这是多么奇怪，我不禁喃喃地说：

“五十岁……”

我尽力想从这个数字中找到一个现实的影子。

她开车时腰板挺直，头部端正，在十字路口减速。周围万籁无声，只有沙沙的树叶声。

我们驶进布洛涅森林。她把车子停在树下。附近一排排小窗口，从这里有小火车出发，在马约门和动物园之间穿梭。我们站在路边的树荫下，前面，路灯的白色光芒照亮这个微型火车站，月台寂静，小车厢停在那里。

她贴近脸，手触摸着我的脸颊，仿佛要确信我真的在那里，还活着，就在她身旁。

“奇怪，刚才，”她对我说，“当我走进去时，看到你在大厅里……”

我觉得她的嘴唇贴在我的颈上，我抚摸她的头发，头发没有过去长，但其实一点也没有变。时间停止了，或者更确切地说，又倒流到但丁咖啡馆的挂钟上时针指示的时间，那些日子的晚上，在咖啡馆关店之前，我们相聚在那里。

*

翌日下午，我回来找昨晚停在盖斯雷家楼前的车子。我正要开车时，见达吕斯在人行道上顶着阳光走。他穿着一条本色的短运动裤，一件红色翻领的运动衣，戴着墨镜。我招手向他致意。我在那里，他似乎一点也不感到惊讶。

“这么热……您不上楼喝一杯吗？”

我谢绝了他的邀请，借口有个约会。

“大家都背着我逃走了……今天早上盖斯雷夫妇去马略卡……他们走得好……八月待在巴黎才真傻喽……”

昨晚，她对我说下周她才走。她再一次不辞而别，我事先也料想到。

他望向车门：

“有晚会时您还是来吧……八月需要互相关照……”

尽管他脸上泛出笑容，我还是猜出他心里有一种莫名的不安，从他说话的声音可以判断出。

“我会来的！”我对他说。

“一定？”

“一定！”

我发动了车，但是我倒车用力过猛，撞到一棵梧桐树干上，达吕斯张开双臂，做出一个痛心的姿态。

我朝奥特伊门方向驶去，准备沿着塞纳河的码头回旅馆。后面的车身大概撞坏了，一个轮胎浮在它上面，我尽量缓慢地驶着。

由于人行道上冷清荒凉，雾气炎热灼人，周围寂静肃然，我心里开始萌生一种奇特的感觉。随着我驶入缪拉林荫大道，心里的不舒服越来越明显：我终于发现这里是我在梦中常和雅克丽娜散步的区。然而，我们从来没有一起在这里散过步，也许是在另一世。在到达圣克卢门广场前，我的心跳得更厉害，就像一架挂钟走近磁场一样。我认出广场中间的喷泉。我确信，雅克丽娜和我曾沿着教堂后右边街道走，但是，那天下午，我找不到她了。

*

十五年为一期，期期都在雾中度过，它们互相搅混一团。我再也没有黛蕾丝·盖斯雷的消息了。她给我的电话号码没有人回答，犹如盖斯雷夫妇一直没有从马略卡归来似的。

她也许在去年就辞世了。也说不定下周日，我在克尔维萨街又会碰见她。

八月，晚上十一点，火车穿过郊外头几个车站时减缓速度。在霓虹灯淡紫色的光线下，冷清清的月台，那里我们曾梦过出发到马略卡，梦过在“中五周围”输后双倍下赌注。

布鲁内瓦。蒙日龙。阿提蒙。雅克丽娜在这里出生。

车厢有节奏的声音沉默了，火车进入编组车前在圣乔治新城车站停了一会儿。铁路旁，巴黎街两边的房屋正面阴暗破旧。而在昔日，这里沿途咖啡店、电影院、停车场鳞次栉比，现在还看得出它们的招牌。其中一个招牌像一盏通宵灯一样，无缘无故地亮着。